27. OCT 04

SHAMUS MULLIGAN
A'R PAROT

Harri Parri

GWASG PANTYCELYN

Dymuna'r cyhoeddwyr gydnabod cymorth
Cyngor Llyfrau Cymru.

ISBN: 1-903314-30-5

Cynlluniwyd y clawr gan Ian Griffith

Cyhoeddwyd ac argraffwyd yng Nghymru
gan Wasg Pantycelyn, Caernarfon

CYNNWYS

I GWENDA
(GYDA CHANIATÂD ELWYN, EI GŴR)
I DDYMUNO'N DDA IAWN IDDI
AR DDECHRAU EI GWEINIDOGAETH
YN EGLWYS SEILO, CAERNARFON,
GAN OBEITHIO Y BYDD IDDI HITHAU
GAEL GRAS I WENU WRTH GERDDED
STRYDOEDD PORTH YR AUR

CYDNABOD

Mae'r gwir lenor, medda' nhw, yn llenydda o raid – Kate Roberts yn sôn am 'orfod sgrifennu rhag mygu' ac Evelyn Waugh yn cofnodi mewn dyddiadur, yn ddwy ar bymtheg oed, '*I must write prose or burst*' – a'r 'sgwennwr' yn mynd ati yn ôl y galw. Yn ôl y galw y bûm i wrthi gydol y blynyddoedd. Dyna pam yr hoffwn i ddiolch yn gynnes i Bwyllgor Llên Eisteddfod Genedlaethol Sir Ddinbych a'r Cyffiniau 2001 am fy ngwahodd i ysgrifennu y straeon hyn ar gyfer sesiynau dyddiol yn y Babell Lên.

Rhan o'r dasg oedd rhoi dychymyg ar bapur. I droi stori'n ddrama mae'n rhaid wrth actor. Wedi'r cwbl, mae i'r Babell Lên lwyfan. Fedra' i ddim diolch digon i John Ogwen – sydd wedi llwyfannu cryn bump ar hugain o straeon Porth yr Aur erbyn hyn – am iddo beri i'r cymeriadau fyw a llefaru mor gomig ac eto mor gredadwy. Ond i droi drama yn theatr mae'n rhaid wrth gynulleidfa yn ogystal. Dyna paham yr hoffwn i ddiolch, hefyd, i'r cannoedd a lifodd i'r Babell Lên yn ddyddiol i fod yn gynulleidfa gynnes a gwerthfawrogol.

Mewn ffydd, cyn i'r inc sychu bron, fe gynigiodd Gwasg Pantycelyn gyhoeddi'r gwaith. Fy niolch felly, unwaith eto, i'r Swyddog Cyhoeddi, R. Maldwyn Thomas, Cyfarwyddwraig y Wasg, June Jones, a'u gweithwyr am hyn o gymwynas. Fel gyda sawl cyfrol arall o'm heiddo, dibynnais yn drwm ar gymorth tri o Gaernarfon – Mrs Llinos Lloyd Jones a'r Dr W. Gwyn Lewis yn bwrw golwg manwl dros y gwaith ac yn cywiro ac Ian Griffith yn gofalu am y clawr a'r lluniau – ac rwy'n gwerthfawrogi eu cyfraniad a'u caredigrwydd hwythau. Bu Bethan Gwanas, sy'n perthyn i do newydd o awduron, mor rasol â darllen y gwaith ac fe hoffwn ddiolch iddi hithau hefyd.

HARRI PARRI

1. TRWSIO'R BOELER

Wrth barcio'i gar y bore Sul barugog hwnnw o Chwefror gwelodd y Gweinidog a'i wraig John Wyn, Ysgrifennydd folcanig Capel y Cei, yn brasgamu i'w cyfeiriad – yn rhynllyd yr olwg, ac anferth o sgarff wlanog wedi'i lapio rownd ei wddf gryn deirgwaith. Sylweddolodd y Gweinidog, serch yr oerni, fod yna fynydd tân ar fin deffro.

"Dw i'n diflannu, Eil,' a gwthio drws trwm y car yn agored â'i thraed.

'Y peth sâl i ti! A ti 'di marcio drws y car hefo dy sgidiau.'

'Bora braf, Mistyr Wyn,' ebe Ceinwen, gan sleifio rownd cefn y *Mondeo* fel iâr yn mynd i ddodwy.

Cyn bod Eilir wedi llawn ddiffodd yr injan agorodd John Wyn ddrws y gyrrwr a helpu'r Gweinidog allan o'i sedd. "Dwn i ddim pam na chodwch chi flewyn ynghynt ar fora Sul. I fod yma mewn pryd.'

9

'Mewn pryd? Hannar awr wedi naw ydi hi. A 'dydi'r oedfa ddim dan ddeg.'

'Mi fydda'r hen Richard Lewis, hwnnw fydda' gynnon ni o'ch blaen chi, yma tua wyth.'

'Methu â chysgu, mae'n debyg,' atebodd y Gweinidog, yn dechrau twymo. 'Poeni, be' fydda'n ei wynebu o wedi iddo fo gyrraedd.'

Dechreuodd y ddau gydgerdded ar draws y llain tarmac i gyfeiriad y capel. Llin yn mygu oedd John Wyn ar bob achlysur, ond gwyddai Eilir nad oedd yna neb ym Mhorth yr Aur i gyd a fyddai'n fwy triw iddo petai galw am hynny. Cofrestrydd oedd o wrth ei alwedigaeth gyda thuedd anffodus i foesoli, yn enwedig ar achlysuron o briodi anffodus. O'r herwydd, roedd ganddo lu o elynion ym Mhorth yr Aur – er na faliai fotwm corn amdanynt.

'Gyda llaw,' holodd y Gweinidog, 'pwy neu be' sy' wedi rhoi halan yn ych uwd chi, fel ych bod chi'n cyfarth mor fora?'

' Boilar y capal sy' wedi concio allan, unwaith eto, ac ma'r lle fel ffridj.'

'Felly,' atebodd y Gweinidog yn hamddenol. 'Finna' wedi meddwl bod hi'n ddiwadd byd.'

'Mi all fod felly, frawd, i rai o'n haelodau hyna' ni. Ac ma' hynny, mwy neu lai, yn cynnwys pawb. Ma' nhw'n dechrau glynu yn 'i gilydd fel sosejys wedi rhewi. Heblaw, dowch i mewn o'r gwres i'r Blaenoriaid ga'l trafod yr argyfwng.'

Gwyddai'r Gweinidog, o hir brofiad, fod cael tymheredd i siwtio pawb o'r saint yn dasg gwbl amhosibl.

*   *   *

Pan aed ati i drafod yn y festri cyn dechrau'r oedfa, roedd y Blaenoriaid yn amrywio'n fawr yn eu hymateb i'r oerni: John Wyn, Owen Gillespie a Cecil Humphreys yn edrych yn anwydog ddigon ond roedd Meri Morris, Llawr Dyrnu – gwraig ffarm a chanddi rownd lefrith ar bob tywydd – mewn ffrog heb lewys, ac yn cwyno'i 'bod hi'n fore clòs sobr', ac edrychai William Howarth, yr Ymgymerwr lleol, yn wynepgoch, chwyslyd o dan ei gôt gladdu, drom.

'Ychydig funudau s'gynnon ni, gyfeillion, cyn i ni ga'l gair o weddi cyn mynd mewn i'r oedfa,' ebe'r Gweinidog gan obeithio osgoi marathon o drafodaeth hir yn fforchio i bob cyfeiriad.

'Os ewch chi ati i weddïo yn yr oerni mawr 'ma,' mwmiodd John Wyn yn gingronllyd, 'mi fydd ych erfyniadau chi wedi rhewi cyn iddyn nhw adael y ddaear.'

Penderfynodd y Gweinidog anwybyddu'r sylw. 'Fedrwn ni 'neud fawr ddim bora 'ma, beth bynnag. Dim ond goddef yr amgylchiadau.'

'Mi fedrwch fod yn llawar byrrach na byddwch chi'n arferol,' arthiodd yr Ysgrifennydd eilwaith.

Dyna'r pryd y daeth Cecil, y torrwr gwalltiau merched, i'r adwy, yn ddwylo modrwyog i gyd, gan wneud y dŵr yn futrach eto – ond yn gwbl anfwriadol. 'Ma' hyn'na, Mistyr Wyn, *if you* sgiws y gymhariaeth, *below the belt*. E'lla bod 'nghariad i,' gan gyfeirio at ei Weinidog, ''chydig yn hir, *now and then*, ond 'dydi 'ngwas i byth yn *boring*,' a nythu eilwaith yn y clogyn piws a oedd dros ei ysgwyddau.

Serch ei fod yn flaenor gyda'r selocaf yng Nghapel y Cei, ac yn Drysorydd yr achos erbyn hyn, roedd rhai pethau o gwmpas 'Cecil Siswrn', fel y'i gelwid, a anesmwythai'r Gweinidog a pheri iddo, yn amlach na pheidio, deimlo'n groen gŵydd i gyd.

Howarth, o bawb, a gafodd y weledigaeth, 'Fasa' dim gwell i ni, deudwch, gysylltu hefo Jac Black? Ma' gynno fo oriad i fynd i lawr i'r selar, heb styrbio neb. Ac wedi'r cwbl, y fo ydi

Gofalwr yr adeiladau ac ma' hi'n rhan o'i gontract o i danio a diffodd y boelar.'

'Cysylltu hefo Jac Black?' holodd John Wyn yn sarrug. 'I be'? I drefnu pryd y medrwn ni 'i saethu o? Fo ydi gwraidd yr holl helynt.'

Hanner y gwir oedd hynny. Wedi methu â chael gofalwyr i fyw yn y Tŷ Capel a gofalu am yr adeiladau perswadiwyd Jac Black i fod yn gyfrifol am danio'r boeler, yn ôl y galw, a glanhau'r adeiladau yn wythnosol.

Rhodd tad Howarth, ychydig cyn marw, oedd y boeler cyntefig – yn 'offrwm dros bechod', yn ôl John Wyn – ac un oriog ryfeddol a fu o'r dechrau. Fodd bynnag, oherwydd y cysylltiad teuluol, byddai Howarth yn cyfeirio ato bob amser gyda chryn anwyldeb. Tra roedd addoldai eraill y dref yn cael eu cynhesu â nwy neu drydan, neu hyd yn oed olew, ffwrnes yn llosgi golosg oedd un Capel y Cei ac yn gwneud hynny â gwanc anniwall pan oedd o mewn hwyliau. Fe gymerai noswaith gyfan i gynhesu'r dŵr a lifai drwy'r pibau haearn bwrw.

Unig gymhwyster Jac at y gwaith o danio'r boeler oedd ei brofiad fel stociwr yn y llynges cyn iddo ddychwelyd i'w dref enedigol i ddal cimychiaid – pan fyddai hi'n dymor – a bod yn yrrwr hers i Howarth. Gwendid Jac fel taniwr oedd amrywio amser y tanio – naill ai yn ôl amseroedd y llanw neu yn ôl maint ei syched. Ambell dro, byddai'r boeler wedi'i danio'n gynnar ar bnawn Sadwrn a'r adeilad fel ffwrnes fore Sul; dro arall, os byddai'r llanw yn ei erbyn, neu'i fod wedi oedi gormod yn y 'Fleece', byddai'n fore Sul arno'n tanio'r boeler a'r peipiau, o'r herwydd, yn llugoer gydol oedfa'r bore.

Gyda chryn rwysg tynnodd William Howarth ffôn symudol o boced ei gesail. 'Mi ro' i alwad iddo fo, rhag ofn y medar o aildanio boelar fy niweddar dad.'

''Dydi pethau wedi newid, Mistar Thomas,' sylwodd Ifan Jones, yr hen ffarmwr wedi ymddeol, yn rhythu mewn rhyfeddod ar Howarth yn deialu'n bwyllog. 'Pan o'n i'n byw yn y wlad, a hithau'n argyfwng, rhoi cadach gwyn ar frigau'r pren leilac fydda'r wraig a finna'. Ac mi fydda' un o'r cymdogion yn siŵr o'i weld o a dŵad acw i roi help llaw.'

Bu Howarth yn disgwyl yn hir am ateb, ond pan ddaeth hwnnw roedd o mor glir â'r gloch, 'Pwy ddiawl sy'na yr adag yma o'r bora?' Gwasgodd Howarth y ffôn o dan ei gesail i geisio mygu'r sylw ond yn rhy ddiweddar.

'William sy' 'ma. William Howarth,' ac ychwanegu'n gyflym rhag bod gwaeth eto i'w glywed, 'O'r capal 'dw i'n ffonio, Jac!'

Sobrodd Jac Black ryw ychydig – yn llythrennol felly – a holi'n obeithiol, ar ddiwedd wythnos lom yn ei hanes, 'Ac ma' 'na rywun wedi marw o'r diwadd?'

'Dim ond y boelar!'

'Y?'

'Boelar Capal y Cei sy' wedi mynd ar streic. A rhyw feddwl roeddan ni, Jac, y bydda' hi'n bosib' i ti bicio draw i ga'l golwg arno.'

Rhag merwino mwy ar glustiau'r Gweinidog a gweddill y Blaenoriaid crwydrodd Howarth i ben arall yr ystafell a'r ffôn wrth ei glust.

'Be' mae o'n ddeud rŵan?' holodd Meri Morris, yn clywed dim ond un pen i'r stori bellach.

'Deud na 'neith 'i gydwybod o ddim caniatáu iddo fo weithio ar y Sul,' eglurodd Howarth.

'Wel, rhag c'wilydd i'r sgamp, a fynta'n mynd â fisitors allan yn y cwch bob dydd Sul yn yr ha' – os bydd hi'n ffit o dywydd.'

'Arhoswch eiliad, Meri Morris,' apeliodd Howarth yn codi'i

law, 'mae o'n deud rhwbath arall. Ia, Jac?'

Bu eiliadau o dawelwch, Jac yn comandio ym mhen arall y ffôn a Howarth yn clustfeinio'i orau. 'Deud mae o y daw o yma gynta' posib'. A'i fod o'n ymddiheuro am y bydd hi'n ofynnol iddo fo godi tâl ychwanegol am weithio ar y Sul.'

'Os ma' fel'na ma' hi i fod,' ebe John Wyn yn sarrug, 'mi a' i i chwilio am fy het y funud 'ma. 'Dydi pawb ohonon ni'n gweithio ar y Sul – ac am ddim. Be' haru'r pagan?'

Meri Morris, y wraig ymarferol, a lwyddodd i ddofi'r dyfroedd, 'Wel, o leia' mi fydd yn gyfla iddo fo ddŵad i glyw yr Efengyl. 'Dydi o ddim wedi bod yn 'i sŵn hi ers blynyddoedd.'

'Dwn i ddim glywith o rwbath o'r selar chwaith,' sylwodd yr hen Ifan yn ddiniwed, heb weld yr ergyd, 'er 'i bod hi'n union o dan y capal. E'lla basa hi'n bosib' i Mistar Thomas 'ma weiddi mwy nag arfar.'

'Os daw o i sŵn yr Efengyl 'does wybod be' all ddigwydd.' Owen Gillespie oedd y mwyaf ysbrydol o'r Blaenoriaid. Byth wedi'i dröedigaeth yn Bootle o dan weinidogaeth Byddin yr Iachawdwriaeth, ac yntau ar y pryd yn saer ifanc yn gweithio yn y dociau, fe wyddai Gillespie am amgenach dimensiwn. 'Erlid roedd y Saul o Darsus hwnnw, hefyd, pan glywodd o'r Llais. Dowch i ni gofio am Jac Black yn ein gweddïau yn ystod yr oedfa.'

'A 'thasa fo'n digwydd ca'l y satan i danio,' ychwanegodd John Wyn, yn ddaearol iawn ei fryd, 'mi fydda'r lle'n gynnas braf i ni at oedfa'r nos.'

Paratôdd y Gweinidog a'r Blaenoriaid i ymadael am y capel yn ddifeddwl pan atgoffwyd hwy gan Gillespie, unwaith eto, o bwrpas twymo'r capel yn y lle cyntaf, ''Newch chi, Mistyr Thomas, ein harwain ni at orsedd gras, i ofyn iddo Fo gynhesu'n c'lonnau ni.'

Wedi'r weddi honno, Gweinidog a Blaenoriaid â'u cynffonnau rhwng eu gaflau a lifodd i mewn i'r capel ar gyfer y Gwasanaeth.

* * *

Un yn dilyn ei reddf oedd Jac Black, os na châi ei rybuddio i weithredu'n wahanol. Yn ffrynt y capel, wrth y seti croesion, roedd yna ddrws codi a grisiau'n arwain i lawr o'r capel i'r seler. Pan oedd y Gweinidog ar ganol darllen lluchiwyd y drws hwnnw'n agored ac ymddangosodd pen ac ysgwyddau Jac Black ar ben grisiau'r seler yn ei ofarôls a'i gap-pig-llongwr. Sychodd y Gweinidog ar hanner adnod a gofyn, yn gwrtais, 'Fedrwn i fod o gymorth i chi, Mistyr Black?'

'Medrwch!'

'Ia?'

''Sgin rywun fenthyg matsian? I mi ga'l trio ail danio'r satan.'

Wedi dod dros y sioc, bu cryn chwilio bagiau llaw a mynd drwy bocedi. Fred Phillips, Plas Coch, yr adeiladydd, a ddaeth i'r adwy. Roedd gan Phillips focs matsys wrth law ymhob oedfa lle byddai'n bresennol, i danio'r sigâr a smociai i ymlacio ar derfyn oedfa faith. Cerddodd yn ddefosiynol i gyfeiriad y trap-dôr gan agor y blwch i estyn un i Jac.

'Gyma' i'r bocs fel ag y mae o, Phillips.'

'Wel . . .'

'Mi 'neith i mi at eto, ylwch.' A gollyngodd Jac y drws codi o'i ôl, nes bod clec fel ergyd o wn, a cherddodd yn drwm ei sgidiau i lawr y grisiau i'r seler.

Yr unig beth arall i darfu ar ran gyntaf yr oedfa oedd sŵn Jac Black, yn arbennig yn ystod y weddi, yn waldio'r boeler gyda gordd ac ambell ansoddair yn codi o'r dyfnderoedd pan fyddai'r ordd yn methu.

Cyd-ddigwyddiad anffodus oedd fod y Gweinidog, y bore Sul hwnnw, wedi penderfynu traethu ar gymal o'r *Llythyr at y Rhufeiniaid*: '. . . yn wresog yn yr ysbryd'. Pan oedd yn codi'i destun sylwodd ar wên lydan yn torri dros wynebau amryw yn y gynulleidfa rynllyd: Ceinwen ei wraig yn lletach ei gwên na fawr neb. O hynny ymlaen, roedd popeth a ddywedai'n agored i gael ei ddehongli yn nhermau'r boeler.

Wrth foduro tua'r capel y bore hwnnw credai fod ganddo bwyntiau digon dilys am 'wres' cymdeithas yr eglwys: ei fod yn anodd i'w gynnau, yn anodd i'w gynnal a bron yn amhosibl i'w gadw. Ond pan oedd y Gweinidog yn pwysleisio, i gloi, fod y 'gwres' hwn yn medru bod yn beryglus, o'i gamddefnyddio, clywyd ffrwydrad o berfeddion y seler; yr eiliad nesa' lluchiwyd y trap-dôr yn agored a daeth Jac Black i fyny o'r dyfnderoedd mor ddu â cholier ar derfyn shifft heb gael cyfle i molchi. Edrychodd i gyfeiriad y Gweinidog a dweud yn ddigon siriol, 'Mi rydw i yn iawn, fel y byddwch i gyd yn falch o glywad, ond ma'r boelar 'di agor yn 'i hannar fel tun samon.'

'Pan fo Sinai i gyd yn mygu' oedd yr emyn olaf a oedd i'w ganu, ond penderfynodd Eilir hepgor hwnnw rhag temtio rhagluniaeth ymhellach. P'run bynnag, roedd tri chwarter y gynulleidfa eisoes wedi gadael eu seddau ac yn prysuro i gyfeiriad grisiau'r seler i gael gweld tebyg i beth oedd boeler capel ''di agor yn 'i hannar fel tun samon'.

* * *

Y nos Lun ganlynol, eisteddai'r Gweinidog a'r chwe Blaenor yn rhynllyd a gwargrwm ar feinciau di-gefn yn wynebu'r boeler, fel bagad o grefyddwyr cynnar yn addoli allor a honno wedi colli'i thân. Chwe Blaenor oedd yno erbyn hyn. Yn gynharach yn y flwyddyn, roedd Huw Ambrose, y deintydd, wedi cyflwyno'i ymddiswyddiad.

Gwaith cyntaf y noson oedd mynegi cydymdeimlad â William Howarth oherwydd gwaeledd sydyn ei chwaer yng nghyfraith, Camelia Peters. Cadw mulod oedd galwedigaeth tad Camelia ac Anemone Howarth, yr hen Forris Peters – Morris Mul fel y'i gelwid – i'r plant eu marchogaeth ar hyd y traeth. Dyna pam roedd rhai'n dal i alw Camelia Peters, yn ei chefn, yn Cam Mul. Fodd bynnag, ehangodd Camelia y busnes a mynd ati i osod cadeiriau haul, er mwyn i'r rhieni gael ymlacio pan fyddai'u plant yn marchogaeth. Gyda'r blynyddoedd, aeth marchogaeth mulod a chlewtian mewn cadeiriau haul allan o ffasiwn ond fe ddaliodd Camelia i fyw ar y traeth mewn hen fwthyn pren o'r enw Broc y Môr a godwyd gan ei thad.

Derbyniodd Howarth y cydymdeimlad, mewn dagrau bron, er y gwyddai pawb nad oedd yna ddim cariad rhyngddo a Camelia. 'Mi garia'i eich geiriau caredig chi adra i Musus Howarth. Ma' 'na gryn bryder am 'i chyflwr hi ac ma' gin i ofn ma'r boelar 'ma sy'n gyfrifol.'

Daliwyd pawb â syndod.

'Y boelar, Mistyr Howarth?' holodd y Gweinidog.

'Ia siŵr. Rhynnu 'nath hi, bora Sul, a dal annwyd. Ond 'nawn ni ddim meddwl am iawndal, ar hyn o bryd.'

'Faswn i'n meddwl y basa hi'n gynhesach o beth myrdd,' arthiodd John Wyn, 'mewn capal heb wres, nag yn y cwt pren 'na s'gynni hi yn nannadd y môr a'i styllod o'n dŵad oddi wrth 'i gilydd.'

Anwybyddodd Howarth y sylw a mynd ati i hel atgofion. 'Mi fyddwn i'n mynd i garthu o dan y mulod i'n niweddar dad yng nghyfraith pan o'n i'n hogyn ysgol, nes i blant drwg ddechrau 'ngalw i yn 'Wil Baw Mul'.'

'Dyna beth ach-â-fi,' ebe Cecil, y torrwr gwalltiau merched, yn mynd i'w gilydd i gyd. ''Sgin i ond diolch, Mistar Thomas, cariad, nag oeddan nhw ddim yn gorfod deud y peth yn Saesnag.'

'Rŵan, gyfeillion, mi rydan ni wedi dod ynghyd, ac yn cyfarfod yn seler y capel, er mwyn trafod tynged y boelar 'ma. Pwy sy' gan sylw i'w wneud?'

Cafodd amryw o sylwadau, rhai anymarferol at ei gilydd. Roedd Cecil am i bawb wisgo thyrmals, '*Such a boon*, Mistyr Thomas bach. Ma' nhw'n cadw'ch *private parts* chi'n gynnas fel tost.'

'Cerddad dros y caeau y byddan ni 'stalwm, pan oeddan ni'n blant', atgoffodd Ifan Jones, 'ac mi fyddan ni'n gynnas braf ymhell cyn i ni gyrra'dd y capal.'

Gwylltiodd Cecil a lluchio'i ddwylo i'r awyr, 'Ond *farmer* Jones bach, o's na ddim caeau yn dre', nag o's? A s'nag o's gynnoch chi gaeau fedrwch chi ddim *walk over them! Silly-billy*, Ifan Jones.'

Digiodd yr hen ŵr, am foment, a thynnu'i ben i mewn i'w blu. Ond gwendid pennaf dadl Ifan Jones oedd mai ef oedd y mwyaf amharod i gerdded o bawb. Y foment honno roedd ei Volvo V40 1.9 Diesel XS wedi'i barcio o fewn ychydig fodfeddi i ddrws seler Capel y Cei; petai'n bosibl cael y car i mewn drwy ddrws y seler, byddai Ifan Jones wedi'i barcio wrth y fainc roedd y Blaenoriaid yn eistedd arni y foment honno.

Awgrymodd Gillespie, gyda'i ddefosiwn arferol, y dylid gweddïo dros y boeler. Anghytunodd amryw gan wfftio at y syniad; pawb, bron, ond y Gweinidog. Roedd ganddo edmygedd dwfn o'r Saer a'i gywirdeb diamheuol. 'Mi rydw' i'n cytuno, i raddau pell, ag Owen Gillespie. Nid y bydda'r weddi honno'n trwsio'r boelar, ond fe fydda' hi'n ein gwneud ni yn fwy cymwys i drafod y mater.' Dyfynnodd Islwyn:

Dirym yw gweddi daeraf
Enaid prid i newid Naf,
Ond ei nerth wna'n newid ni
I'w ddelw wrth ei addoli.

Disgynnodd y dyfyniad ar glustiau byddar – hyd yn oed Gillespie yn methu â dilyn – ond bu llai o ogr-droi o hynny ymlaen.

Cododd Meri Morris ar ei thraed a mynd ati i archwilio'r allor, fel gwraig ffarm yn mynd i olwg buwch. 'Fydda' hi ddim yn anodd iawn i ni drwsio hon, choelia' i ddim, petai hi'n bosib' i ni ga'l gafa'l ar grefftwr. Un darn sy' o'i le, hyd y gwela' i. Clytiwch rwbath yn ofalus ac mi 'neith i chi am bobeidiau wedyn.' Pobl ddarbodus felly oedd teulu Llawr Dyrnu; roedd yno sawl asgwrn cefn beic a sawl ffrâm gwely yn cau bwlch neu'n llenwi adwy. Aeth ymlaen i archwilio'r allor yn fanylach, 'A hyd y medra' i weld, wedi'i rifitio roedd y darn yn y lle cynta'.

'Ddowch chi yma, Meri Morris,' holodd John Wyn yn flin, 'hefo cŷn a mwrthwl i waldio'r peth yn ôl i'w le? Achos ddo' i ddim. A pheth arall, pwy gewch chi i ddŵad yma berfadd nos, nos Sadwrn, i danio'r sglyfaeth wedi i chi ryw lun o'i drwsio fo?'

Clwyfwyd Meri Morris, hithau. 'Wel, dim ond g'neud sylw 'nes i, John Wyn, fel roedd y Gw'nidog wedi gofyn i ni.'

'Mi rydw' i, fel Mistyr Gillespie a'r Gweinidog, yn credu y dylan ni, yn y lle cynta', weddïo dros y sefyllfa.' Swiliodd y gweddill. Gwraig tŷ gyffredin ei hamgylchiadau oedd Dyddgu a mam i bedwar o blant. Roedd hi a Glyn wedi prynu tŷ cyngor mewn rhan ddigon tlodaidd o Borth yr Aur ac wedi'i gymhennu a'i addurno'n ddigon o ryfeddod. Teimlai Eilir mai rhai fel hwy oedd 'halen y ddaear' ac asgwrn cefn yr achos a bod ei ffydd hi yn fwy o rym yn ei bywyd nag o arferiad. 'Yna mynd yn ddwfn i'n pocedi a chyfrannu i brynu offer twymo cwbl newydd, a gofyn i aelodau'r eglwys ddilyn ein hesiampl ni.' Daliodd amryw eu gwynt. 'Dyna'n braint ni fel Cristnogion.'

'Amen!' meddai Owen Gillespie, yn dawel, wedi ennill disgybl o'r diwedd.

Dyna'r foment y daeth William Howarth i mewn i'r drafodaeth. Arfer Howarth oedd cadw'i bowdr yn sych hyd y munud olaf er mwyn gwneud argraff.

'Fydd fy chwaer yng nghyfraith ddim hefo ni'n hir eto, mae'n debyg. Mi rydw' i wedi dechrau g'neud trefniadau'i hangladd hi'n barod. Ac mi rydw' i'n teimlo y dylan ninnau, fel Blaenoriaid, 'neud yr un peth. Gweithredu mewn ffydd.'

'Ym mha fodd?' gofynnodd y Gweinidog.

'Wel, roedd hi, fel y gwyddom ni i gyd, yn dda iawn ei byd. Hel 'i phres y bydda' hi a llwgu pawb arall – ar wahân i'r parot hwnnw oedd hi'n gadw. Ac wrth ma' fi oedd 'i sgutor hi, mi ddeudodd wrtha'i, fwy nag unwaith, ma' Capal y Cei fydda'n ca'l y cwbl ar ôl 'i dyddiau hi.'

Gyda chryn ymdrech, tynnodd William Howarth dudalen o bapur o boced gesail ei gôt gladdu ac arni ffigurau lawer, 'Wel, i dorri stori hir yn un fer, newydd da s'gin i. Os ydi fy syms i yn iawn, ac yn ôl be' ddeudodd hi wrtha' i rai blynyddoedd yn ôl, mi fedrwch fforddio sawl boelar i'r capal 'ma ac mi fydd gynnoch chi arian wrth gefn wedyn. Prynu system newydd faswn i a gada'l i'r ffyrm fydd yn gwerthu ddisgwyl am y pres nes bydd fy chwaer yng nghyfraith wedi marw.'

Oerodd y Gweinidog o wrando ar y fath ragluniaethu afiach, ond daeth gwres newydd i'r pwyllgor. Sythodd y Blaenoriaid eu cefnau a dechrau sibrwd eu balchder, y naill wrth y llall, fel ei bod hi'n anodd iawn i'r Gweinidog fynd ymlaen â'r gwaith. Aethant ati i drafod ymysg ei gilydd pa system a fyddai fwyaf effeithiol, a beth i'w wneud â boeler wedi colli'i dân.

'Cynnig bod y Gweinidog,' awgrymodd John Wyn, 'yn mynd o gwmpas boeleri capeli ac eglwysi'r dre 'ma i weld be' ydi'r posibiliadau.'

'Y?'

'Ac yna, mynd ati i ordro yn syth bin,' eiliodd Meri Morris, wedi'i hargyhoeddi fod yna ddigon o arian ar y gorwel. 'Mynd i fyny yn'u pris bydda' i'n gweld pob dim wrth oedi.'

'Ond be' sy'n mynd i ddigwydd yn y cyfamsar?' holodd Dyddgu yn gall. 'Ac mi rydw' i, beth bynnag, yn gobeithio y bydd Miss Peters fyw am flynyddoedd eto. Mi rydw' i am eilio'r awgrym 'nath Musus Morris, yn gynharach, sef ein bod ni'n g'neud pob ymdrech i drwsio'r boelar, dros dro o leia'. Ma' un o feibion Shamus Mulligan,' awgrymodd yn betrus, 'Liam – yr ieuenga' o'r ddau Liam, yn weldar campus.'

Bu'r awgrym yn ormod i John Wyn. Neidiodd ar ei gadair fel petai newydd eistedd ar nodwydd. 'Glywis i'r gair 'Mulligan', yntau fi sy' wedi cam-glywad?'

'Do,' atebodd Dyddgu, yn dawel.

'Mi wyddoch y llanast 'nath hwnnw wrth darmacio o gwmpas y capal? 'Dydi'r tarmac hwnnw byth wedi c'ledu, ac ma' hi'n mynd yn bedair blynadd erbyn hyn!'

'Y cwbl wn i ,' meddai Meri Morris, yn newid teyrngarwch unwaith eto, 'oedd i mi golli pâr o sgidiau stileto, ddim gwaeth na newydd. Mi aethon o'r golwg i'r tarmac, a welis i byth mohonyn nhw.'

Wedi cael ei eilio aeth John Wyn yn fwy o gingroen fyth, 'Yn hollol. 'Dach chi ddim yn cofio fel y bydda'r ceir, am fisoedd wedyn, yn suddo at 'u bympars yn y tarmac g'lyb a ninnau'n methu â'u ca'l nhw o yno. Synnwn i ddim na chafodd cerbydau Pharo lai o drafffarth i groesi'r Môr Coch.'

Fe wyddai'r Gweinidog iddynt gael cryn drafferth gyda tharmac a oedd yn debycach i driog na dim arall ond roedd John Wyn yn gorliwio pethau'n enbyd. 'Dowch, gyfeillion, gad'wch i ni symud ymlaen. Ma' hi'n oeri yn gyflym yma.'

Wedi hanner awr dda arall, cytunwyd i'r Gweinidog, druan, holi ar ddiarth beth oedd cymhwyster y 'Liam' hwnnw, ac yna cael gair wrth fynd heibio, fel petai, gyda Mulligan ei hun i weld a oedd hi'n bosibl clytio'r boelar dros dro – hyd nes deuai unrhyw newyddion gwahanol am Miss Camelia Peters.

Cyn i'r Gweinidog sylweddoli pa wynt croes a ddaeth i'w gyfarfod roedd y pwyllgor yn prysur chwalu.

Wrth droi o'r seler, clywodd y Gweinidog Cecil yn troi at Ifan Jones ac yn holi'n uchel, 'Ydi ych *thermals* gynnoch chi, *Farmer* Jones?'

Ond roedd hi'n amlwg na wyddai'r hen Ifan at beth ar wyneb daear roedd y torrwr gwalltiau'n cyfeirio, 'Ydi, ma' pob dim gin i, hyd y gwn i.'

Y peth olaf a welodd ac a glywodd a ysigodd ei ysbryd: John Wyn, o bawb – a fu'n galw'r boeler golosg yn 'satan', a gwaeth – yn troi at yr hen allor ac yn sibrwd wrth ei gyd-Flaenoriaid, 'Bydd, mi fydd yn chwith i ni ar ôl y boelar 'ma, ac yntau wedi'n c'nesu ni galon, pen a thraed am hanner can mlynedd.'

* * *

Drannoeth, pan oedd y Gweinidog yn cerdded y Stryd Fawr ar un o'i ymweliadau bugeiliol ac yn pasio siop O'Hara'r Bwci pwy gerddodd allan i'w lwybr ond Shamus Mulligan, yn ei ofarôl a het felfaréd, yn dar i gyd, yn gorffwyso ar ei wegil a chopi o'r *Racing Post* o dan ei gesail.

'Neis gweld chdi, Bos.'

'Sudach chi, Shamus?'

'Giami, Bos bach.'

'Tewch?'

'Newydd roi *tenner, each way*, ar *Hot Furnace* yn Wetherby a 'nath sglyfa'th syrthio ar 'i pen-gliniau *just* cyn cyrra'dd. *Racing Post* dim yn deud gwir, Bos.'

'Y *Goleuad* fydda' i'n ddarllan.'

'Ydi o'n sôn am geffylau, Bos?'

'Dim ond am y jocis,' atebodd Eilir yn ddrygionus.

Siomwyd Shamus Mulligan gan yr ateb, 'Gneith Shamus dim prynu papur hwnnw 'ta,' a gwthio'r *Post* i boced glun ei ofarôl.

Gwyddel yn siarad Saesneg oedd y Mulligan cyntaf a ymfudodd gyda'i deulu i Borth yr Aur ar ddiwedd yr Ail Ryfel Byd i werthu pegiau dillad gan babellu yma ac acw o dan dameidiau o darpwlin. Gyda'r blynyddoedd, fodd bynnag, llwyddodd y teulu i arall-gyfeirio ac aeth yr ail genhedlaeth ati i brynu ac ailwerthu hen haearn; bellach roedd gan y Mulliganiaid fusnes tarmacio tra phroffidiol a fflyd o faniau a lorïau yn dwyn yr enw 'Shamus O'Flaherty Mulligan a'i Feibion' yn gwibio ar draws ac ar hyd cefnffyrdd culion y fro.

'Sut ma' Musus chdi, Bos?'

'Ma' hi'n dda iawn, diolch yn fawr. Ydi Musus Mulligan yn iawn?'

'Wedi mynd yn tew ma' fo, Bos. Fath â mochyn.' (Oherwydd y torllwyth plant, roedd hi'n amlwg i bawb mai benyw oedd Kathleen Mulligan ond roedd Shamus yn mynnu cyfeirio ati, dro ar ôl tro, fel y 'fo'.)

Yn annisgwyl, daeth Shamus Mulligan at y pwnc roedd y Gweinidog wedi bwriadu'i godi gydag o, 'Hei, clywad bod *boiler* capal chdi, Bos, 'di ca'l damej.'

'Do. Ond pwy soniodd am hynny, Shamus?'

23

''Nes i gweld *boiler* chdi. *Pre-war*, ia?'

'Ia, rhyfal y Creimia. Ond sut gwelsoch chi'r boelar? Mae hwnnw o dan glo yn . . .'

'Dal dy dŵr, Bos bach. 'Ti'n gw'bod, Jac Black? Mêt i chdi?'

''Dw i'n nabod Jac Black, ydw'. Cyn bellad ma' nabod yn bosib,' ychwanegodd o dan ei wynt.

'A'th Jac â fi a Liam, yno, ar ôl *stop-tap*, i ni ga'l stag ar y peth.'

Arswydodd y Gweinidog o feddwl bod dau o'r Mulliganiaid wedi bod yn seler Capel y Cei yng nghwmni Jac Black, berfedd nos, a chymaint o gwpanau a phlatiau arian ar hyd a lled yr adeilad – amryw heb fod o dan glo.

'Gwranda, Bos bach, 'di o ddim yn damej mawr. 'Sa Liam, hogyn fi, yn medru g'neud o fath â newydd i ti am *back-hander* bach. Liam yn hogyn da, Bos. Liam, dim ond yn yfad *lush* ar dy' Sul 'sti. 'Sa fo'n tw'mo fath â sosban i ti wedyn.'

'Faint fasa'r gost, Shamus?'

'Anodd deud, Bos. *Just* talu am stwff, ia? A pres *lush* i Liam.'

'Eglwys dlawd iawn ydi Capal y Cei,' eglurodd y Gweinidog yn cofio am duedd y Mulliganiaid i gasympio.

Daeth gwên lydan i wyneb Shamus Mulligan wrth feddwl fod ganddo ateb a fyddai'n newid byd eglwys Capel y Cei dros nos, 'Isio i ti ca'l tombola yn capal sy', fath â *Father*. Ma' eglwys fo yn rowlio mewn *lolly*. Wir yr.'

'Ydi, debyg.'

'Yli,'neith Liam 'neud y job i ti cyn dy' Sul, ia? I chdi ca'l bod yn cynnas pan ti yn *Mass*.'

Cafodd Eilir ei hun ar ddeugorn dilema. Bu'n sgwrsio gyda Dic Walters y Person a'r Tad Finnigan – yn unol â dymuniad y Blaenoriaid – a chael bod systemau i dwymo sguboriau mor fawr â chapeli ac eglwysi yn eithriadol gostus i'w prynu ac yn bur aneffeithiol wedi'u gosod i mewn. I waethygu'r sefyllfa – o safbwynt costau – roedd Camelia Peters yn dal yn fyw, diolch i'r drefn, ac o ble, felly, y deuai'r arian i gyfarfod â'r gost. Ar y llaw arall, fel yr awgrymodd Dyddgu, byddai rhaid ceisio adfer y gwres dros dro – yn un peth, roedd yna dri o fabanod, newydd eu geni, i'w bedyddio y Sul dilynol. Beth petai y rheini yn cael annwyd?

Sylwodd Shamus ei fod wedi dal y Gweinidog mewn deufor-gyfarfod. Tynnodd y *Racing Post* allan, eilwaith, o boced glun ei ofarôl, 'Wn i be' 'na i efo ti, Bos, wrth bod capal chdi'n *skinned.*'

'Ia?'

''Na i roi *tenner* ar *Hot Furnace* yn Haydock. Ceffyl da, Bos. Ac os 'neith o ennill, 'na i rhoi y pres at trwsio *boiler* capal chdi.'

Poerodd Shamus ar gledr ei law a'i hestyn allan i Eilir ei tharo i glensio'r fargen, 'G'neith Liam g'neud *lovely job* 'sdi. Bydd o'n tw'mo fath â bom i ti, wedyn.'

Rhwng Pihahiroth a Baalsephon 'doedd gan y Gweinidog fawr o ddewis. Trawodd gledr llaw Shamus Mulligan i glensio'r fargen.

''Nei di dim difaru, Bos.'

O nabod Shamus, penderfynodd y Gweinidog fod yna un adwy arall y dylai'i chau o'i ôl, 'A dowch â'r bil i mi, pan fydd o'n barod. I mi ga'l bwrw golwg drosto fo.'

'Iawn, Bos.'

Erbyn hynny roedd y tincer yn awyddus i ymadael, 'Rhaid i ti sgiwsio fi, Bos. Rhaid i fi mynd i tarmacio rŵan.'

'A finnau.'

'I tarmacio?' holodd Shamus mewn syndod.

'Na na, mynd ymlaen hefo fy ngwaith.'

Cychwynnodd Shamus ymaith, yna trodd yn ei ôl a gweiddi'n uchel, 'Hei, Bos! Be' am dŵad i'r 'Fleece' am *quick one* i clinsio'r *deal*? 'Na i talu tro yma.'

'Rhyw dro arall, Shamus.'

'Na fo. Ond collad chdi 'di o, Bos.'

* * *

Pan gyrhaeddodd y Gweinidog a'i wraig y bore Sul dilynol safai John Wyn, yr Ysgrifennydd, ar ris uchaf y grisiau carreg a arweiniai i'r capel – yn llewys ei grys, ei wasgod yn llydan agored a'i dei haff-mast – yn croesawu teuluoedd y plant a oedd i'w bedyddio.

'Ma'r boelar yn gweithio o'r diwadd,' ebe Ceinwen wrth weld John Wyn wedi hanner tynnu amdano.

'Hogyn da, Liam,' atebodd ei gŵr, yn dynwared Shamus Mulligan.

Pan oedd Eilir yn sleifio i gefn yr adeilad, sylwodd ar ddau neu dri yn dod allan o'r capel tan ffanio'r awyr o'u blaen i geisio ymoeri dipyn. Roedd hi'n amlwg, felly, bod y capel yn fwy na chynnes.

Wedi codi i fyny yn y pulpud y sylweddolodd y Gweinidog mor eithriadol o fwll oedd yr awyrgylch. Gan ei bod mor rhewllyd tu allan, ac mor boeth tu mewn, roedd y ffenestri'n niwl dop a'r angar yn rhedeg ar hyd y gwydrau ac yn cronni ar siliau'r ffenestri; pan gydiodd yng nghlawr y Beibl roedd hwnnw, hefyd, yn damp. Roedd dau o'r tri babi a oedd i'w bedyddio wedi'u stripio i'w napis mewn ymdrech i'w cadw'n ddiddig yn y fath wres.

Bu'r plant yn hynod o dawel wrth iddo'u bedyddio fesul un ac un. Sylwodd y Gweinidog fod y Cwpan Bedydd arian a ddefnyddid yn arferol wedi'i roi o'r neilltu a bod y dŵr mewn dysgl bridd – dymuniad un o'r rhieni, mae'n debyg. O gofio bod y sacrament yn mynd yn ôl i ddyddiau Ioan Fedyddiwr a'i fywyd hunan-gynhaliol teimlai, rhywfodd, fod dysgl bridd yn fwy addas.

Yr un oedd yr awyrgylch ag erioed: y rhieni ifanc, mewn ofn i'w plentyn nhw roi gwaedd a thynnu gwarth, yn datgan eu haddewidion fel rhai o dan hypnosis, a 'taid' a 'nain' yn estyn eu gyddfau allan o'u coleri rhag colli dafn o'r wyrth. Yr hyn a ddifethai'r awyrgylch i Eilir oedd gweld Rojero Gogonzales, tynnwr lluniau *Porth yr Aur Advertiser*, yn sefyll gyda'i gamera ar ben un o'r seti croes ac yn gweiddi '*cheese*'. Clywodd John Wyn yn cyfarth wrtho'i hun, ond yn ddigon uchel i amryw ei glywed, 'Fedar rhywun ddim lluchio lwmp o gaws i'r mwnci yma? I gau'i geg o!'

Gan ei bod erbyn hyn yn llethol o boeth yno penderfynodd y Gweinidog dorri'r oedfa yn ei blas, ond cyn iddo fedru ledio emyn i gloi'r Gwasanaeth gwelodd Anemone Howarth – a eisteddai yn un o'r seddau blaen – yn agor ei cheg, unwaith neu ddwy, ac yna'n disgyn i'r llawr yn un sach tatw.

'*Gangway, ladies and gentlemen!*' a chyn pen ychydig eiliadau roedd Cecil – y 'dyn cymorth cyntaf' – wrth ei hochr, gyda'i fag nyrs, ac yn byseddu'i phyls. 'Wedi ca'l *hot flush* ma' hi,' eglurodd Cecil, yn bwysig. 'Mi fydd 'nghariad i'n iawn 'tasa hi'n ca'l *fresh air*.'

Ond roedd hi'n anodd iawn i Anemone Howarth gael unrhyw fath o aer a chymaint o wynebau'n rhythu uwch ei phen. Dechreuodd Cecil ddatod botymau blows Musus Howarth, heb ei chaniatâd. Fel roedd o'n datod y trydydd botwm cafodd slap am ei gymwynas, 'Musus Howarth, *how could you?*' bloeddiodd Cecil yn ei chlust. '*I'm allowed to do it.* Gin i *certificate*.'

William Howarth, ei gŵr, a oedd y mwyaf hunanfeddiannol o bawb. Safai bellter oddi wrthi, yn holi hwn ac arall a fyddai'n hwylusach ei chael gartref yng nghefn yr hers nag yn sedd ôl y Mercedes. Pan oedd o'n ymgynghori fel hyn, daeth Anemone ati'i hun. Dychwelodd y lliw i'w hwyneb – cyn belled ag y gellid gweld hynny o dan y fath haenau o bowdr a mascara.

Serch ei bod hi, erbyn hynny, yn eistedd i fyny ac yn sgwrsio'n siriol gyda hwn ac arall, penderfynodd Cecil mai'i rhoi ar strejer a fyddai orau a'i chario cyn belled â'r car. Ei chodi ar y strejer oedd y gwaith anoddaf. Powlten gron oedd Anemone Howarth, yr un hyd a'r un led bron, gyda'r drwg-arfer o wisgo sgerti anghyffyrddus o dynn ac anfoesol o gwta – o gofio'i hoed. Ond gyda chymorth John Wyn, ac un neu ddau arall, llwyddwyd i'w chael ar y gwely cario ond bod ei sgert, erbyn hynny, am ei chanol.

'Fasa dim gwell rhoi rwbath dros 'i llorpiau hi?' holodd Ifan Jones, yn siarad iaith ffarmwr, 'Rhag ofn iddi ga'l annwyd.'

Gwylltiodd Cecil Siswrn, 'Nid yn y pen yna 'dach chi'n ca'l annwyd, *Farmer* Jones. *Silly Billy!* . . . *Gangway all!*'

Pan oedd y llwyth yn mynd allan, pwy oedd yn bagio o'i flaen, fel ci mewn syrcas, ond Rojero Gogonzales, yn dal i weiddi '*cheese!*'.

*   *   *

Wrth ddringo i gyfeiriad y frech o garafannau amryliw ym Mhen y Morfa teimlai Eilir fel gŵr yn cerdded i'w grocbren. Roedd hi'n siwrnai y byddai'n well ganddo fod wedi'i hosgoi.

Pan oedd Meri Morris yn clirio bwrdd y bedydd ac yn mynd â gweddill y dŵr i'r gegin i'w wagio y cafodd wybod am y lladrad.

'Wel, be' oeddach chi'n feddwl o'r Cwpan Bedydd bora 'ma?' holodd Meri.

'Gwahanol.'

'Ddaru chi ddim nabod y ddysgl?'

'Naddo.'

'Mi ddylach. Mi rydach wedi b'yta digon ohoni, o dro i dro.'

'O!'

'Dysgl bwdin reis Llawr Dyrnu 'cw ydi hon,' a'i dangos iddo. 'Fuo raid i mi bicio adra i' nôl hi, hannar awr cyn yr oedfa.'

'Ond ble ma'r un arferol?' holodd y Gweinidog.

''Dw i ddim callach na chithau. Eto, hwyrach 'mod i. Mi ro' i un cynnig i chi.'

''Sgin i'r un syniad.'

'Rhowch chi jac do mewn cwt ieir,' ebe Meri, yn siarad ar ddamhegion, 'a mae o bownd o ddwyn wyau,'

'Be' 'dach chi'n feddwl, Meri Morris?'

'Pwy fuo yma rhwng nos Ferchar dwytha a bora heddiw? Fedrwch chi gofio?'

'Neb, hyd y gwn i.'

'Yn trwsio'r boelar?'

Daeth y darlun yn glir i'r Gweinidog, 'Mulligan, wrth gwrs! Shamus Mulligan.'

'Ia, a'r llabwst mab 'na s'gynno fo.'

'Ond Meri Morris, fedrwch chi ddim crogi neb heb iddo fo ga'l 'i brofi'n euog i ddechrau. Fedrwch chi ddim cyhuddo'r Mulliganiaid o ladrata heb fod gynnoch chi brawf o hynny.'

'Ych gwaith chi fydd profi'n wahanol 'te.'

'Fy ngwaith i?'

''Taswn i yn chi, Mistyr Thomas, mi faswn i'n galw i'w weld o, bora fory, ar 'y nghodiad, rhag ofn bydd yr eiddo'n dal yn 'i feddiant o.'

'Ond ma' gin i waith arall yn aros amdana' i bora fory.'

'Rhoi'r pethau cynta' yn gynta' faswn i,' ebe Meri, yn gadarn.

Dechreuodd y Gweinidog brotestio, 'Ond fedra' i ddim mynd i weld y Mulliganiaid bora fory . . .'

'Medrwch, ac mi ewch. Wyddoch chi pwy roddodd y Cwpan Bedydd yn anrheg i'r capal?'

'Fedra' i ddim cofio ar y funud, er y dylwn i w'bod yn iawn ma'n siŵr.'

'Wel, tad John Wyn, yr hen 'Wich' fel byddan ni'n alw fo – wrth ma'i waith o oedd gwerthu gwichia'd – a hynny ar achlysur bedyddio'i fab. Ond hyd y gwn i, dim ond ni'n dau sy'n gw'bod am y peth ar hyn o bryd. Neb arall wedi sylwi.'

'Diolch am hynny.'

Gwthiodd Meri Morris y ddysgl bridd i fag plastig, tywyll ei liw, ac ychwanegu, ''Tasa John Wyn yn digwydd ffeindio be' sy' wedi digwydd, mi geith sawl torllwyth o gathod bach. Felly, taw piau hi.'

'Mi wn i.'

Cydiodd Meri Morris yn llaw'r Gweinidog a'i siarsio'n ffeind fel petai'n blentyn, 'Felly, ewch chithau bora fory, efo'r ehedydd, i chwilio am y Mulligan 'na, i edrach fedrwn ni osgoi mynd i gyfraith. Dyna hogyn da. Ac os dowch chi o hyd iddo fo . . .'

'Mulligan?'

'Y Cwpan! Mi 'na innau bwdin reis i chi yn y ddysgl bridd, erbyn y dowch chi'n ôl.'

*   *   *

Fe welodd Shamus y Gweinidog ymhell cyn i'r Gweinidog weld Shamus. Daeth i lawr grisiau'r garafán i'w gyfarfod yn wên lydan, 'Neis gweld chdi, Bos.'

'Diolch.'

'Ma' hi'n '*onour* mawr i ni ca'l chdi'n dŵad yma. Ty'd i mewn i *caravan* i chdi gweld gwraig fi.'

'Dim ond am eiliad, Shamus.'

'*Kat'leen. It's the Priest!*'

'*Oly Mary!*' ebe honno o'r golwg, ac mewn braw.

'*The one from chapel.*'

'*It's O.K t'en.*'

Gwraig o ychydig eiriau oedd Kathleen Mulligan – yn wahanol i Shamus – ond hi a wisgai'r trowsus ar ben y Morfa Mawr a'r gŵr yn addoli'r ddaear y cerddai arni. Blodeuwedd oedd hi i Shamus a meillion yn tyfu yn ôl ei throed. Fel sawl gwraig Sipsi arall, roedd hi'n bladres o ddynes, yn gwisgo du trwm gyda chlustdlysau seis gatiau cae yn hongian yn swnllyd wrth ei chlustiau a'i dwylo'n sioe o fodrwyau – dwy neu dair ar bob bys. O ran lliw croen, edrychai'n fwy o Sipsi na Shamus er mai un wedi'i magu yng nghorsydd Connemara oedd hithau. Yno y cafodd Mulligan afael arni gyda chymorth ei ewythr enwog, Jo McLaverty o Ballinaboy. Gan iddi fewnlifo i Borth yr Aur ddwy genhedlaeth yn ddiweddarach na theulu Shamus, prin iawn, iawn, oedd ei Chymraeg; gyda geni'r holl blant, ben wrth sawdl, ni chafodd unrhyw siawns i astudio orgraff a theithi'r Iaith Gymraeg – petai ganddi stumog at hynny.

'Gwell i ti ista, Bos.'

'Diolch.'

''Ti'n nabod gwraig fi?'

'Ydw'. Sudach chi, Musus Mulligan?'

'*I'm well indeed, Father. God be praised,*' a rhoi cyrtsi iddo.

''Nei di cym'd *wee drop* o'r *poteen* 'ma, ma' Yncl Jo 'di gyrru i Tad Finnigan?' a chydio yng ngwddw potel a oedd ar y bwrdd.

'Dim diolch yn fawr.'

'Ma' fo'n *real thing*, cofia.'

'*For sure,*' ategodd hithau, yn deall pob gair o'r sgwrs, ac wedi profi'r stwff tywyll a bygythiol ei liw drosti'i hun.

''Neith o c'nesu traed chdi, Bos.'

'*Indeed it will.*'

'Ma' Tad Finnigan yn yfad o, w'sti, fath â *fish.*'

'Na. Ond diolch yn fawr i chi'ch dau am ych caredig-rwydd.'

Dotiodd y Gweinidog at lanweithdra'r aelwyd ac at faint y garafán. Roedd yna fân dlysau a phetheuach ar bob silff a lluniau'r llwyth estynedig yn gorchuddio pob wal, bron. Yn un gornel, roedd yna gaets adar a chryn hanner dwsin o ganeris yn esgyn ac yn disgyn ar hyd y brigau. (Cadw adar dof oedd hobi ysol Shamus a'i feibion.)

''Ti'n lecio *canaries* fi, Bos?'

'Ma' nhw'n lliwgar iawn.'

Roedd Shamus a'i wraig yn adnabod rhywogaeth pob un ohonynt ac yn eu galw hwynt oll wrth eu henwau, ''Ti'n gweld hwn'na, Bos?' a phwyntio.

'Ydw'.'

''Na ti Pavarotti.'

'O ia.'

'*Irish Fancy*, Bos. ''Na i ti canwr *sweet.*'

'*An' t'ere's a Border for you,*' eglurodd hithau, gan bwyntio at un tlws arall. '*It's a Gloster. We call him King 'Enry.*'

'*O?*'

'*Mercy be on 'im, Father. He's 'ad more t'an six wives.*'

Yna, newidiodd Shamus gyfeiriad y sgwrs a dechrau holi, 'A sut ma' *boiler* capal chdi, Bos? Ma' fo'n gweithio'n iawn?'

'Ardderchog. Am wn i 'i bod hi'n gor-gynhesu'r adeilad erbyn hyn.'

'Hogyn da, Liam, Bos.'

''Goelia' i.'

'Shamus clywad bod Musus Wil Dim Llosgi,' a chyfeirio'n gartrefol felly at wraig Howarth, 'bod fo wedi mynd yn giami adag *Mass*. Bechod, ia.'

'Ia, ond ma' hi'n llawar gwell erbyn hyn.'

'Gin ti capal neis, Bos.'

'Oes.'

'Lot o *solid silver*, 'na.' Daeth hynny â rhywbeth arall i gof Shamus Mulligan, '*Just* i mi anghofio, Bos. Ma' 'na cwpan *silver* o capal chdi yn cefn,' a dweud hynny mor ddidaro â phetai o'n sôn am y tywydd.

'Be'? Yma yn y garafán?'

O ddeall trywydd y sgwrs cododd Kathleen o'i chadair a mynd i estyn y cwpan a'i ddangos.

'Ond Cwpan Bedydd yn perthyn i'r capal ydi hwn!'

''Dw i'n gw'bod, Bos bach. *Keep cool*. Oedd o'n *tarnished* i gyd. Da'th Liam â fo'n ôl i *caravan*. I *Kat'leen* ca'l 'i polisio fo i ti.'

'*You can sur'ly see ye'rself in it now, Father.*'

Roedd hynny'n wir. Yn fwy na hynny, roedd hi'n bosibl gweld yr arysgrif yn ogystal: 'Rhoddedig gan rieni John Wyn, eu mab cyntafanedig, ar achlysur ei fedyddio. *Oddi eithr eich troi a'ch gwneud fel plant bychain . . .*'

'Dylat ti insiwrio fo, Bos' ychwanegodd Shamus, wrth drosglwyddo'r Cwpan i ddwylo parod y Gweinidog. 'Ma' fo'n gwerth lot o bres 'sti.'

'*Indeed, it is,*' ategodd hithau.

'Wel, ma'n dda gwybod ble roedd o, a'n bod ni wedi 'i ga'l o'n ôl yn saff.'

'O'dd Liam 'di meddwl dŵad â fo i chdi neithiwr, Bos. Ond dim ond dy' Sul ma' fo'n ca'l *lush*. Fel 'ti'n gw'bod. Hogyn da, Bos. Yli, 'na i roi o yn sach i ti cario fo adra,' a chodi a phicio i'r cefn .

Wedi rowndio'r garafán, a Shamus yn ei ddilyn, daeth Eilir at y tŷ adar – sŵ adar a bod yn gywir. Roedd yna gryn hanner cant neu fwy, yn amrywio o ran eu lliwiau a'u maint a Shamus Mulligan yn nabod pob un gan nodi'r brîd a'r pedigri.

''Na ti *Lovebird* yn fa'na, Bos. *Abyssinian*. A ma'i gwraig o yn 'i cesa'l o.'

'Lliwiau tlws.'

'A 'na ti *cockatoo* . . . a . . . *parakeet*.' Cafodd Mulligan syniad carlamus arall, 'Hei! 'Ti dim isio prynu *Budgie* i Musus chdi?'

'Ddim diolch.'

'Deryn neis, Bos. Ma' gin Shamus *Albino*. Ceiliog bach . . .'

'Digon posib'.'

'Alla'i gwerthu o'n rhad i ti. Ma' fo'n *pure breed* 'sti.'

'Dda gan Ceinwen yr un deryn, Shamus. Ar wahân i mi!'

'Collad chdi ydi o, Bos,' ebe'r tincer yn ddifrifol, heb weld y doniolwch. 'Cei di dŵad yn ôl os bydd Musus chdi yn newid 'i meddwl, ia.'

Wrth ddisgyn i lawr o ben y Morfa Mawr a'r Cwpan Bedydd mewn hen sach plastig, a'r geiriau *McLaverty Special Connemara Peat* wedi'i sgwennu arno, 'doedd y Gweinidog ddim yn sicr beth i'w goelio na beth i'w amau: oedd stori anhygoel Shamus Mulligan yn dal dŵr, neu a oedd yr hen dincer, am unwaith yn ei oes, wedi'i ddal â'i goesau ar led ar ganol camfa. Cofiodd y Gweinidog am un o syniadau Rievaulx, athronydd o Ffrainc, a gredai fod gwirionedd yr un ymhob sefyllfa ac mai ein dehongliad ni o'r gwirionedd hwnnw oedd yr unig wahaniaeth. Ond roedd yna un peth roedd yn sicr ohono – o'r holl adar a welodd y bore hwnnw, y deryn mwyaf lliwgar ohonynt i gyd oedd Shamus O'Flaherty Mulligan.

Taflodd gip ar wyneb ei wats. Un cysur oedd, roedd yna bwdin reis digon o ryfeddodd yn disgwyl amdano yn y ddysgl bridd honno yn Llawr Dyrnu.

2. SHAMUS MULLIGAN A'R PAROT

'Brady, 'mlodyn i!' iapiodd Cecil, yn ferchetaidd, '*All-day Breakfast* i Mistyr Thomas, fy Ngweinidog i. Mae 'nghariad i'n edrach fel 'tasa fo ar starfio.'

Neidiodd y Gweinidog o'i gadair, nes roedd y bwrdd bambŵ a oedd o'i flaen yn dawnsio'n benfeddw. 'Gwrandwch, Cecil, fedra' i ddim wynebu brecwast arall 'tasa chi'n talu i mi. Newydd godi oddi wrth y bwrdd ro'n i, cyn i mi gychwyn allan. Diolch i chi yr un fath.'

'A be' gaethoch chi i frecwast? *If I may ask?*'

'Tost . . . a marmaled.'

''Fedrwch 'neud hefo brecwast arall, siwgr. *You are as thin as a dip-stick.* Sgiws y gymhariaeth.' Trodd at y ferch lygatddu a safai yno'n disgwyl cyfarwyddyd pellach. '*One American Brunch* i Mistyr Thomas. A g'newch o'n un mawr, *sweety.*'

'Ond, Cecil!' protestiodd y Gweinidog.

'O ia, a phot mawr o goffi i fynd hefo fo. Thenciw, Brady.'

Disgynnodd Eilir yn ôl i'r gadair wellt, fel troseddwr wedi'i dynghedu i benyd.

'Rhaid i chi f'yta, cariad,' rhybuddiodd Cecil gan roi

llaw fodrwyog dros law y Gweinidog, 'i chi gael mynd yn hogyn mawr.'

Ciciodd Eilir ei hun am iddo fflio i mewn i we pry cop â'i ddau lygad yn llydan agored. Ei unig fwriad y bore Llun hwnnw, wrth gerdded i'r dre, oedd galw yn y Post am stampiau a'i phlannu hi am adref wedyn cyn gynted â phosibl. Ond pwy oedd yn sefyll yn nrws y Tebot Pinc, yn ei ffedog – a honno'n debotiau bach pinc i gyd – ond Cecil Humphreys, yn croesawu cwsmeriaid i'r parlwr coffi roedd o newydd ei agor.

Wedi gorfodi'r Gweinidog i ail eistedd, plygodd Cecil ymlaen, yn sent i gyd. Newidiodd y pwnc a dechrau hel sgandal, 'Oeddach chi'n 'nabod honna, Mistyr Thomas?' a thaflu'i ben i gyfeiriad cegin y tŷ coffi.

'Pwy, Brady?'

'M!'

'Wel, nid un o genod Shamus Mulligan ydi hi? Chwaer Nuala.'

''Dach chi wedi taro'r hoelan *right on the head*. Sôn am un dda am weithio, Mistyr Thomas. Fath â wiwar bach.'

'Fe alla' i ddychmygu hynny. 'Does yna'r un asgwrn diog yn perthyn i'w thad hi 'chwaith. Arall, am wn i, ydi gwendidau hwnnw,' gan gofio fel roedd dreif Capel y Cei – a darmaciwyd gan y Mulliganiaid – yn dyllau cegrwth cyn i'r tarmac hanner oeri.

Rhoddodd Cecil law dros ei geg, a dechrau sibrwd, 'Ma' nhw'n deud i mi – ond i chi beidio â deud ma' fi sy'n deud 'te, siwgr – bod gynni hi olwg am fabi!' A gwneud siâp wy hefo'i geg i ddangos maint ei gondemniad o unrhyw fath o genhedlu.

'Digon posib',' atebodd y Gweinidog yn ddiofal.

'*So you know then.*'

'Na na. Ond fel y gwyddoch chi, Cecil, wrth fod y Mulliganiaid yn deulu mor fawr, 'dydi clywad bod yno fabi arall ar landio yn ddim byd newydd.'

'Ma' nhw fath â *rabbits*, Mistyr Thomas bach. Un babi ar ôl y llall, *head to toe*,' a mwytho llaw ei Weinidog. ''Dwn i ddim fasach chi, cariad, pan ddaw hi'n ôl hefo'r pot coffi, yn ca'l golwg arni? *If you don't mind*.'

Bu bron i'r Gweinidog godi o'i gadair, eilwaith, ''Drychwch yma, Cecil. Fedra' i ddim g'neud peth fel'na. 'Fydda'n ddigon am fy swydd i.'

'Ond *how would I know?* Heb i rywun fel chi ddeud wrtha' i. *After all*, cariad, 'dach chi wedi rhoi genedigaeth.'

'Do . . . y . . . naddo,' atebodd y Gweinidog yn ffrwcslyd, wedi cymysgu'i rywogaeth ei hun am funud.

'Wel 'dydw i ddim. *Up to now*, beth bynnag,' gan roi pwniad i'r Gweinidog yn ei ais, i awgrymu bod yr amhosibl yn bosibl mewn oes ryddfrydol fel hon.

Gyda chil ei lygaid gwelodd Cecil Brady yn dychwelyd o gyfeiriad y gegin yn cario hambwrdd trwm lwythog a pharatôdd i ffoi. 'Ma'ch brecwast chi wedi landio, siwgr. Mi a' i rŵan i chi ga'l 'i enjoio fo. Twdwlŵ, *for the time being*.'

Cododd yn sbriws a cherdded yn dynn ei lwynau amgylchogylch y byrddau, gan gyfarch yfwyr y boreol goffi wrth fynd heibio, '*Top of the morning to you*, Miss Ramsbottom.' (Ymfudwraig i Borth yr Aur oedd Miss Ramsbottom a Chadeirydd y Ceidwadwyr yn y cylch.) 'Bora da, Musus Derlwyn Hughes. 'Dydi hi'n fora *beautiful?*' Yna, diflannodd drwy'r bwlch a wahanai'r siop drin gwallt – y Siswrn *Cecil's Scissors* – oddi wrth y tŷ coffi ond gan ddal i fod yn glywadwy i bawb. 'Cofiwch iwsio'r *detangler*, Jasmine! A! Miss Bersham *dear*, ma'r *wet look* yn gweddu i chi i'r dim!'

'Rhyfedd ac ofnadwy' y gwnaed Cecil. Wyddai neb yn iawn

pa gorwynt annisgwyl a'i chwythodd i Borth yr Aur, chwarter canrif ynghynt, yn dorrwr gwalltiau merched. Ar ryw olwg, roedd o fel y brenin Melchisedec gynt 'heb dad, heb fam, heb achau'. O ran oed, gallasai fod yn ddeg ar hugain diweddar neu'n drigain cynnar, a 'doedd neb yn hollol siŵr a oedd y gwallt lliw sinsir yn un naturiol neu'n un a ddeuai allan o botel. Ond roedd o'n ŵr busnes tra llwyddiannus: yn berchennog fflatiau chwaethus ym Mhen 'Rallt, uwchben yr harbwr – yn ogystal â'r ddau adeilad ar Stryd Samson – ac yn ôl pobl y goets fawr, y fo, a Howarth yr Ymgymerwr, oedd perchnogion cartref preswyl ar gwr y dref o'r enw 'Y Porfeydd Gwelltog' – ond a lysenwyd gan Jac Black yn 'Glyn Cysgod Angau'.

Ond roedd yna wedd arall i'w gymeriad a dyfnderoedd na wyddai'r cyhoedd fawr ddim amdanynt. O dan y merlyn broc roedd yna enaid hynod o sensitif a gŵr tra defosiynol. 'Doedd yna ddim ymborth i neb yn y Tebot Pinc ar Ddydd yr Arglwydd. A phwy arall ym Mhorth yr Aur i gyd, ond Cecil, a fyddai wedi meddwl am agor drysau tŷ coffi am y waith gyntaf gyda chyfarfod gweddi a sgon.

''Dw i 'nabod chdi, Bos.' Roedd y llygaid tywyll, y croen lliw coffi-llefrith ac yn arbennig y cynhesrwydd yn y cyfarch, yn profi uwchlaw amheuaeth mai un o'r Mulliganiaid oedd hon. 'Chdi ddaru priodi Nuala, ia?'

'Elvis priododd hi,' atebodd y Gweinidog, yn hanner chwareus, 'ond y fi ddaru weinyddu'r briodas.' Ond roedd y chwarae ar eiriau'n rhy gymhleth i ferch Shamus Mulligan.

'Priodas joli, ia?'

'Ia debyg,' ond heb gredu hynny.

''Ti'n cofio, Bos? O'dd pen Elvis fath â ffwtbol.'

'Fydd hi ddim yn hawdd iawn i mi anghofio'r olygfa,'

atebodd Eilir ac annifyrrwch y briodas wyllt honno'n ailddechrau cerdded ei gorff.

''I frawd o, ia, 'di rhoi cythra'l o stîd iddo fo noson stag.'

'M.'

'A Taid Plas Coch yn *sloshed* cyn dechrau b'yta.'

Plygodd Brady ymlaen i osod y cruglwyth brecwast o'i flaen – yn hanner mochyn a thatws wedi'u ffrio, yn gaws llyffant a ffa cochion, sosejis amryw, wy dau felynwy (a thosturiodd y gweinidog wrth yr iâr, druan, fu raid dodwy hwnnw) gwadn trwchus o fara saim ynghyd â dwy sleisen hael o bwdin gwaed.

'A 'ti'n cofio Yncl Jo McLaverty'n agor 'i geg yn lle rong? A Tad Finnigan yn rhoi cic yn 'i din o.'

'Wel ia,' a gwenodd y Gweinidog wrth gofio fel y bu i'r hen ŵr o Ballinaboy – cyfanwerthwr y *Connemara Peat* – yrru'r briodas i gyfeiriad y creigiau cyn iddi gael ei gweinyddu, wrth lefaru cyn pryd, a'r Tad Finnigan yn bygwth purdan arno.

'Fyddi di isio sôs coch, Bos?'

'Na fydda. Diolch.'

Daliodd Eilir ei hun – yn groes i'w ewyllys – yn taflu cip i'w chyfeiriad i weld oedd yna Fulligan bach yn y popty. O gofio'i swydd ataliodd ei hun, gan fflamio Cecil am blannu'r fath chwilfrydedd afiach ynddo .

''Ti'n 'nabod Tad Finnigan, Mistyr Thomas?'

'Yn dda iawn. Ma' Jim a finnau wedi g'neud llawar hefo'n gilydd ac yn gyfeillion agos.'

''Na foi'n lecio'i *lush*, Bos.'

'Bosib',' a cheisio swnio fel petai syched diarhebol yr Offeiriad yn beth cwbl ddieithr iddo.

'Ond ma' Tad Finnigan yn mynd i chwythu ffiws pan clywith o am Brady,' a chyfeirio ati'i hun.

'Clywad be'?'

Eisteddodd Brady i gael rhannu cwpan ei llawenydd gyda'r

Gweinidog, "Na i ddeud wrtha' ti, Mistyr Thomas, wrth bod chi'n prygethwr, ac wrth ma' chdi ddaru crisno hogyn bach Nuala.' Edrychodd o'i chwmpas i weld bod y côst yn glir, "Gin i golwg am fabi, Bos!'

'Wel . . . m . . . llongyfarchiadau,' mwmiodd y Gweinidog, bron tagu ar lond ceg o gig moch digon gwydn.

'*Mis-cue* 'sti, Bos.'

'O!' Bu rhai eiliadau o dawelwch digon annifyr cyn i'r Gweinidog wneud sylw annoeth ryfeddol, 'Go brin 'mod i yn gw'bod pwy ydi'r tad.'

'Na finna'.'

'Y?'

'Dyna'r broblam. Ond ma'r nymbyr i lawr i pump rŵan,' ychwanegodd yn siriol fel un ar gyrraedd glan. 'Ond cadw fo'n *hush-hush*, Mistyr Thomas, os g'nei di. 'C'ofn i Tad Finnigan clywad, a ca'l llwyth o cathod bach.'

'Ddeuda i yr un gair wrth neb.'

Plygodd Brady ymlaen i wynt y Gweinidog, unwaith yn rhagor, a hanner sibrwd, 'Ga' i ofyn *favour* i ti, Mistyr Thomas?'

'Wel, os medra' i fod o gymorth.'

'Os ma' boi o capal chdi s'di saethu, 'nei di crisno? Fath â hefo Nuala?'

'Wel . . . y,' ac edifarhaodd y Gweinidog am iddo roi addewid dyn meddw iddi, 'Aros, a gweld, dyna fydda' orau, Brady.'

'O.K., Bos. 'Na' i 'neud y sym i ddechrau. Ond *ten to one*, boi o capal chdi ydi o.'

'Pam ydach chi'n meddwl hynny?'

'Dim ond un o'r pump sy'n *Catholic*.'

Cododd Brady gan gydio yn yr hambwrdd a chychwyn ymaith. Trodd yn ei hôl, a gweiddi, 'Os byddi di isio *second-*

helping o rwbath, Bos, dim ond rhoi showt, ia?'

'Ma' gin i fwy na digon ar 'y mhlât am heddiw – ac am fory hefyd, mae'n debyg. Diolch i chi yr un fath.'

Un rheswm am lwyddiant y Mulliganiaid oedd craffter yr hen Patrick Joseph, taid Shamus, yn sylweddoli y byddai crap ar yr iaith frodorol yn help i werthu'r pegiau ac aeth ati i bupro'i siarad ag ambell air benthyg. Cafodd Shamus, a'i amryw frodyr a chwiorydd, chwarter o ysgol ond, yn anffodus, fu'r un ohonynt yno yn ddigon hir i feistroli'r treigladau. Roedd Cymraeg Brady, fodd bynnag, yn llawer gwell nag un ei mam a'i thad.

Rheswm arall am eu llwyddiant, oedd cynnydd cyson yn y gweithlu – a hynny hyd y drydedd a'r bedwaredd genhedlaeth. Roedd hi'n amlwg, bellach, fod Brady, druan, yn ddarn o'r un brethyn ac am barhau'r traddodiad.

Edrychodd Eilir eilwaith ar y plât a oedd yn fwy na llawn o bob rhyw sgrwdj, a hithau fawr mwy na deg o'r gloch y bore, a chofiodd am adnod o'r *Testament Newydd*: 'Cyfod, Pedr, lladd a bwyta'. Penderfynodd y byddai'n anodd iawn iddo bregethu ar yr adnod honno o hyn ymlaen.

Cododd ei ben, i ddal Musus Derlwyn Hughes, ac eraill o'r yfwyr coffi, yn edrych i'w gyfeiriad a'u llygaid yn ei gondemnio. Dychmygodd eu sgwrs.

''Fasach yn meddwl y bydda' dyn fel'na yn b'yta'i frecwast gartra.'

'Yn hollol. Be' nesa'?'

'Ond ma' rhaid i ni gofio bod 'i wraig o, druan, yn gorfod mynd allan i weithio.'

''Drychwch faint sy' gynno fo ar 'i blât? Digon i fwydo teulu cyfa' pan o'n i'n ca'l 'y magu.'

'A'r holl newyn sy'n y byd.'

'A'r holl blant bach sy'n starfio.'

'A 'dydi brecwast fel'na ddim i' ga'l am ddim, yn siŵr i chi.'

'Am ddim ddeutsoch chi? Mi fydd raid iddo fo dalu drwy'i drwyn am hwn'na.'

'Dyna fo, ma' nhw yn deud i mi fod cyflogau gweinidogion wedi codi cryn dipyn.'

'A phwy sy'n talu'i gyflog o?'

'Y ni, siŵr iawn.'

'Mewn ffordd, ni sy'n talu am 'i frecwast o.'

Wedi clirio'r rhan fwyaf o'r angenfilod a oedd ar ei blât, cododd y Gweinidog a hwylio i ymadael. Dyna'r foment y daeth Cecil yn ei ôl drwy'r bwlch rhwng ei ddwy ffarm a'i orfodi i eistedd unwaith eto. Roedd o'n ddyn gwahanol y tro hwn.

'Mistyr Thomas, cariad, ydach chi wedi yfad ych coffi i gyd?'

'Naddo. Ma' 'na hannar llond pot ar ôl.'

'Cym'wch lond cwpan arall, cariad. A rhowch ddigon o siwgr yn'o fo, i chi fedru dal y sioc.'

Wedi i'r Gweinidog ufuddhau, cydiodd Cecil yn ei law, a sibrwd, 'Mi 'dw i isio i chi fod yn hogyn mawr rŵan, a pheidio â styrbio'ch hun.'

'Mi 'na i 'ngorau,' a thynnu'i law o ddwylo Cecil. 'Be'n union sy' wedi digwydd?'

'Wel, mi rydach chi'n cofio Mistyr Howarth, 'ngwas i, yn deud nad oedd Miss Camelia Peters, 'i chwaer yng nghyfraith o, *not at all well?*'

'Ma' hi wedi marw, felly,' ebe'r Gweinidog, yn neidio'r gwn.

'*How did you know?*' atebodd Cecil yn siomedig, yn teimlo bod y Gweinidog wedi lladd ei ddrama cyn iddo gael ei pherfformio. 'Dim ond newydd gyrraedd y *Cutting Parlour* ma'r newydd.'

'Wel, 'dydw i ddim wedi bod yn weinidog am yr holl flynyddoedd heb fedru gweld newydd drwg yn dŵad o bell – yn anffodus. Ac mi roedd Mistyr Howarth wedi awgrymu i mi nad oedd yr hen dlawd ddim hannar da.'

'Mi ydach chi'n *para-normal*, Mistyr Thomas bach,' a chydio eto yn llaw ei Weinidog. '*You give me the creeps, dear.*'

Am ychydig, bu'r ddau yn hel atgofion am Camelia a'r teulu'n gyffredinol. Ar wahân i'w henwau, roedd Anemone, gwraig Howarth, a Camelia mor wahanol i'w gilydd â sofren a swllt. Pladres o ddynes gorfforol oedd Anemone – yr un hyd a'r un led, bron – ond yn gwisgo'n anghynnes o ifanc; weiren denau oedd Camelia – yn wargrwm fel bachyn – gyda dillad oes o'r blaen yn hongian ar ei hysgwyddau. Addolwraig achlysurol iawn oedd Anemone Howarth ond yn 'llond pob lle' pan fyddai'n bresennol; roedd, Camelia, ar y llaw arall, yn rhan o ddodrefn Capel y Cei. Eto, fel y profodd y Gweinidog sawl tro, ychydig a fyddai wedi sylwi ei bod hi yno. Roedd Anemone, mae'n debyg, yn gwledda'n fras bob dydd a Camelia, druan, yn bwyta gwellt ei gwely ac unrhyw beth arall a oedd wrth law. Ychydig o Gymraeg oedd rhwng y ddwy chwaer ond eu bod wedi hanner llwyddo i gadw wyneb yn llygad y cyhoedd. Achos y pellter, yn ôl rhai a ddylai wybod, oedd fod yr hen Forris Peters, yn ei ewyllys, wedi gadael pob mul i Camelia a'r un i Anemone.

Roedd y ddwy hyd yn oed yn drewi'n wahanol, yn ôl Cecil, 'Anemone, Mistyr Thomas, yn *pure Chanel*. Ond Camelia, *poor dear* yn drewi o oglau *camphor* a hen ddillad.'

'Ond roedd hi'n wraig grefyddol iawn,' ychwanegodd Eilir yn ceisio ateb cam un o'i gefnogwyr selocaf. 'Yn fwy felly na'i chwaer fyddwn i'n tybio. 'Dach chi'n cofio'r parot hwnnw?'

'Sut medra'i anghofio fo, siwgr?' atebodd Cecil.

'Roedd o'n gw'bod llawar iawn o emynau.'

' *'Telling me, dear?* Mi es i yno i dorri gwinadd 'i thraed hi i'r *Social Services.* 'Doedd hi ddim yn trystio Howarth hefo siswrn. A fu jyst i'r parot hwnnw gychwyn diwygiad. Dim ond *hymns* ge's i gynno fo am dros awr.'

'Mi clyw'is innau fo'n adrodd pwt o sawl emyn.'

Yn sydyn, gwibiodd meddwl Cecil i gyfeiriad cwbl wahanol. Rhwbiodd ei ddwylo modrwyog, gwyn, yn frwdfrydig, '*Boiler* newydd i'r capel rŵan, Mistyr Thomas, siwgr.'

'Sut?'

'Ac mi gawn beintio'r festri a . . .'

Cododd y Gweinidog ei law a'i atal ar hanner brawddeg. 'Ylwch yma, Cecil. Fedrwn ni ddim trafod pethau fel'na a Miss Peters ddim ond newydd farw, heb oeri wir. 'Dydi peth fel'na ddim yn weddus.'

'Wel, ych lles chi, cariad, o'dd gin i mewn golwg,' brathodd Cecil, yn anifail wedi'i glwyfo, '*Your well-being, dear. Not mine.*'

'Wn i hynny. Diolch i chi am feddwl fel'na.'

Erbyn hyn, roedd yna arwyddion fod yr anifail clwyfedig wedi cael digon ac yn awyddus i symud at rywun arall, 'Peidiwch â 'ngadael i'ch cadw chi, Mistyr Thomas. Wn i fod gynnoch chi waith y dylach chi 'neud. *Strike when the iron's hot, as they say.*'

Er y gwyddai'r Gweinidog mai Cecil a'i consgriptiodd i fwyta'r brecwast Americanaidd, teimlai, serch hynny, ei bod hi'n gwrteisi ar ei ran i gynnig talu amdano, 'Faint sy' arna'i i chi, Cecil, am y brecwast mawr yma?'

Cododd Cecil ei ddwylo i'r awyr o glywed am y fath beth, ''S'dim isio i chi feddwl am dalu, cariad. *Not on your nelly.* Er bod *brunch* mawr fel'na yn *five fifty* 'te.'

'Wel, diolch yn fawr i chi. Mi fwynheais i o'n fawr, er nad

o'n i mo'i angen o mewn gwirionedd.'

Wrth gamu drwy'r drws, trodd y Gweinidog yn ei ôl a dweud yn ffôl, 'Mi rydw' i'n teimlo'n reit euog, cofiwch. Dyma'r tro cynta' 'rioed i mi ada'l tŷ bwyta heb dalu.'

'*Cheer up*, Mistyr Thomas bach,' sibrydodd Cecil, a gwasgu'i fraich, 'os na fel'na 'dach chi'n teimlo, mi dynna' i'r bil o'ch costau chi, ddiwadd mis. Twdlŵ rŵan,' a diflannu.

'Ond, Cecil . . .'

Yn anffodus i Eilir, roedd o wedi dawnsio'i ffordd am y siop trin gwallt, ymhell o glyw – rhag ofn bod Jasmine wedi 'anghofio'r *detangler*'.

*   *   *

Howarth a ddaeth â'r newydd drwg i'r Gweinidog rhwng dwy garreg fedd ym mynwent y dref.

'Mistyr Thomas,' sibrydodd Howarth, wedi iddo lwyddo i symud y galarwyr o ymyl y bedd a'u perswadio y byddent yn llawer cynhesach yn eu ceir, 'fe hoffwn i ga'l gair bach hefo chi, yn gyfrinachol fel petai.'

Math o 'angladd wyrcws' a gafodd Camelia Peters, druan. Roedd popeth, rhywfodd, mor dlawd yr olwg. Ni allai Eilir lai na sylwi mor gyffredin oedd yr arch a ddewisodd Howarth ar ei chyfer – yn ffawydd plaen, heb ei gaboli. Angladd hollol breifat a gafwyd hefyd, yn ôl ei dymuniad – y teulu agosaf yn unig, a John James, ei chyfreithiwr. Ceisiodd y Gweinidog dalu teyrnged fer iddi am ei ffyddlondeb i'r capel – yr eglwys lle y'i maged – a chydymdeimlo ag Anemone, ei hunig chwaer, yn ei cholled. Yr unig ormodedd yr aeth Howarth ar ei gyfyl oedd prynu un rhosyn coch i'w wraig, iddi ei daflu i'r bedd unwaith y byddai'r Gwasanaeth drosodd.

Anemone Howarth oedd yr olaf i adael. Gyda chryn seremoni cydiodd yn y rhosyn coch a'i luchio'n ysgafn ar gaead yr arch, cyn beichio wylo a syrthio i freichiau amharod Jac Black.

'Dowch tu ôl i'r golofn yma, Mistyr Thomas,' ac arwain y Gweinidog i gyfeiriad y garreg farmor, uchel a godwyd i gofio hen deulu mawreddog Gogerddan. 'Ma' hon yn un go lydan ac yn saff fel banc. Lle drwg ydi mynwant am gychwyn sgandal.'

'Be' sy' ar ych meddwl chi, Mistyr Howarth?'

''Dydach chi ddim wedi prynu boelar i'r capal eto, gobeithio.'

'Naddo, a ddim yn bwriadu g'neud hynny heb ymgynghori ymhellach â chi, y Blaenoriaid.'

'Diolch am hynny,' a chododd yr Ymgymerwr ei het gladdu, drom, a chyda hances wen ac iddi ymylon du sychodd y chwys a oedd yn berlau ar ei dalcen – serch ei bod hi'n fore niwlog, oer. 'Gyda llaw, diolch i chi am arwain angladd fy niweddar chwaer yng nghyfraith â'r gweddustra arferol. Mi fydd yn chwith ryfeddol i Musus Howarth a minnau ar 'i hol hi,' a chynilo'r gwirionedd nes bod o'n ddim. 'Ond ma' gin i ofn ma' cludo newyddion drwg rydw' i.'

'O?'

'Mi ddigwydd'is i daro ar Hopkins y Banc neithiwr,' ac fe dybiai Eilir, hyd at sicrwydd, mai tu ôl i ddrysau cloëdig y lodj y bu hynny, 'ac er mawr sioc i mi, mi ddeudodd bod fy chwaer yng nghyfraith mor dlawd â ll'godan eglwys. Wel, yn dlotach a deud y gwir.'

''Chithau 'di deud, wrth bawb ohonon ni, 'i bod hi uwchben 'i digon. Digon o arian, medda' chi, i brynu sawl boelar ac arian dros ben wedyn.'

'Y teulu agosa', Mistyr Thomas bach, ydi'r ola' i ga'l gw'bod,' ac anadlu'n ddwfn wrth geisio adfer y ddaear oedd yn chwalu o dan ei draed. 'Y banc biau'r tŷ ac i Hopkins y bydda' hi'n talu rhent. A deud y gwir, y cwbl a adawodd hi ar 'i hôl i'r capal oedd dylad.'

'Dylad ddeutsoch chi?'

'Ei dymuniad ola' hi, mae'n debyg, oedd i'r eglwys dalu'r costau claddu drosti.'

'Ma' hynny yn mynd dipyn yn hafing, ydi o ddim?'

'Ddylan ni ddim siarad yn sarhaus am y marw, Mistyr Thomas,' ebe Howarth yn ddwys, yn teimlo'i fod yn ennill daear unwaith yn rhagor, 'dim ond parchu'u dymuniadau nhw.'

'Deudwch chi.'

'Mi welwch pam, felly, na fedra i ddim talu i chi am y c'nebrwng.'

'Talu, ddeutsoch chi?'

'Ne' mi fasach, mewn ffordd o siarad, yn talu i chi'ch hun.'

Roedd rhesymeg yr Ymgymerwr yn d'wllwch dudew i'r Gweinidog. 'Ond, Mistyr Howarth, fydda' i byth yn derbyn dim am gladdu aelodau, fel y gwyddoch chi.'

'Dim ond deud, Mistyr Thomas annwyl, 'c'ofn bo' chi wedi digwydd newid ych meddwl yn y cyfamsar.'

Cafodd y Gweinidog ei demtio gan ddiafol, 'Mi gofiodd amdanoch chi a Musus Howarth, debyg? Y teulu agosa'.'

'Ni gafodd y dodr'an.'

'Ma' hynny'n gysur mawr i chi. Mi fydd gin Musus Howarth a chithau rwbath i gofio am Miss Peters.'

'Peidiwch â cha'l ych twyllo, frawd. 'Dw i newydd ofyn i'r Mulligan hwnnw'u troi nhw'n goed tân, i mi ga'l rwbath am betrol yr hers. Fûm i yno ddwywaith, yn 'i mesur hi.'

Gyda chil ei lygad gwelodd Howarth Jac Black mewn deufor gyfarfod, 'fel gŵr ar ddyfroedd hunlle'n methu cyrraedd glan'. Roedd o wedi llwyddo i agor drws y Mercedes ag un llaw, ond roedd Musus Howarth, a oedd o dan ei fraich arall, wedi troi drwy'i gesail nes ei bod hi bellach â'i thin at y drws roedd Jac yn ceisio'i ddal yn agored. 'Well i mi roi hand i Jac hefo Musus Howarth, wrth 'mod i wedi arfar gafa'l amdani. Pan oeddan ni'n fengach.'

Wedi cychwyn ymaith trodd Howarth yn ei ôl, 'O ia, rhag ofn i mi anghofio deud, ma' ein diweddar chwaer wedi gada'l yr hyn oedd ganddi i' ada'l i chi a Musus Thomas. Diolch am hynny.'

'Be?'

'Gwerth ychydig gannoedd, os nad mwy. Mi ddaw James, y twrna', i gysylltiad â chi, mae'n debyg, y dyddiau nesa' 'ma.'

'Be', wedi gada'l arian i ni ddeutsoch chi?'

'Well i mi fynd, ne' mi fydd Musus Howarth 'cw yn din-noeth,' gan gyfeirio at ei wraig a'i sysbensions hi, bellach, i gyd yn y golwg.

'Ond, Mistyr Howarth, pam gada'l arian i ni?'

Ond roedd Howarth yn tuthio'n fflat-wadn am y Mercedes, a'i *Hush Puppies* duon yn suddo at eu topiau i'r pridd meddal. Fel roedd o'n cyrraedd, sylwodd Eilir ar Anemone'n llithro'n araf i'r borfa wleb, fel sach datw, a Jac yn disgyn drosti nes bod ei ben rhwng ei choesau. Am unwaith, penderfynodd y Gweinidog fynd 'heibio o'r ochr arall', dros y gamfa ym mhen isa'r fynwent, a'i throi hi am adref.

*   *   *

Disgynnodd dau lythyr ar fat y drws ffrynt. Un oddi wrth ffyrm *James James, James John James a'i Fab, Cyfreithwyr* a'r llall mewn amlen blaen. Penderfynodd y ddau gadw'r gwin da hyd yn olaf ac agor yr amlen arall.

'Bil ydi hwn, Ceinwen.'

'Bil?'

'Oddi wrth Shamus O'Flahertey Mulligan. Am drwsio boelar Capal y Cei.'

'Faint ydi o?'

''Sgin ti rwbath i gydio yn'o fo?' A chydiodd Ceinwen mewn cadair. 'Pum cant o bunnau.'

'Be'? Wel, 'dydw i ddim yn gweld y Blaenoriaid yn talu'r swm yna.'

'Nefyr in Iwrop. Ond mi fydd yn ofynnol i rywun 'i dalu o.'

'Pwy?'

'Y ni, ma'n debyg.'

'Y ni!'

'Wel, mi fedra' i glywad y ddadl o bell.'

'Be' 'ti'n feddwl?'

'Wel, y fi 'nath y trefniadau. Heb ofyn am amcangyfrif. Felly, y fi ddyla' gyfarfod â'r gofyn.'

'Ia, debyg.'

Daeth yr ail lythyr â llawenydd, brau, i'r ddau ohonynt. Roedd hwnnw, fel roedd y ddau wedi rhagdybio, yn cyfeirio at ewyllys Camelia Peters ac yn gofyn i'r Gweinidog neu'i wraig alw yn swyddfa'r Cyfreithiwr y cyfle cyntaf posibl. Dechreuodd Ceinwen, yn arbennig, gyfrif cywion cyn bod yna un wy yn y nyth.

''Taswn i'n galw yn siop Ffred Carpedi ar fy ffordd o'r gwaith i weld be' s'gynno fo mewn stoc. Fel gwyddost ti, Eil, ma' carpad y grisiau yn dangos 'i ddannadd ers tro byd. 'Doedd o ddim yn un newydd pan gaethon ni o gynta'.'

'Ond be' am y car, Ceinwen? Ma' 'na bedwar ugain mil da ar gloc hwnnw. Mi fydd raid meddwl am 'i newid o, yn hwyr neu'n hwyrach. Hwyrach mai hwn fydd yn cyfla ni.'

'Twt, mi 'neith injian fel'na gan mil a mwy. 'Dydi'r

llofftydd yn gweiddi am i rywun 'u papuro a'u peintio nhw. A be' am ga'l grât newydd yn y rŵm ffrynt?'

'Ond, Ceinwen.'

'Be?'

''S'gynnon ni ddim obadeia be' ydi maint y 'wyllys eto.'

''Chydig gannoedd, o leia'. Dyna ddeudodd Howarth, medda' chdi. Ac mi fedar 'chydig gannoedd fod yn gannoedd lawar.'

'Do, mi ddeudodd hynny.'

'Yli, Eilir,' a rhoi cusan ar ei dalcen cyn rhuthro allan i fynd i'w gwaith, 'os bydd o ymhell dros fil gei di fy ffonio i, awr ginio, ac mi ordra' inna' well carpad grisiau. Os byddi di heb ffonio, yna, mi sticia'i i rwbath rhatach . . . Hwyl, rŵan!'

Serch y gadwyn enwau, ffyrm un dyn oedd *James James, James John James a'i Fab, Cyfreithwyr* a'r John James presennol yn ŵyr i'r 'James' cyntaf. Yr unig un arall a weithiai yno oedd Miss Phillips, a gyflogwyd yn nyddiau'i dad pan oedd hi'n hogan ysgol, i lenwi potiau inc, rhoi blaen ar bensiliau a manionach felly. Erbyn hyn, roedd hi wedi croesi oed pensiwn ac yn wargam fel banana am iddi fod yn ei phlyg yn rhy hir uwchben sawl cenhedlaeth o deipiaduron.

Prif ffyn bara John James oedd gwneud ewyllysiau a gweithredoedd, trosglwyddo tai ac ychydig o fân lwch y cloriannau. Yn wahanol i'w dad, ni bu erioed yn gweithredu mewn llys – ar wahân i'r un tro yr aeth yno i'w amddiffyn ei hun wedi iddo gael ei gyhuddo o yrru'n rhy araf. Os bu erioed gerddwr ar wyau heb eu torri, John James oedd hwnnw; dyn yn mesur deirgwaith er mwyn cael torri unwaith. Fel hen lanc, trigai ar ei ben ei hun mewn tŷ mawr, braf, ar gyrion y dref o'r enw 'Cyfarthfa'. (Roedd yr enw yn un digon addas gan fod gan y Cyfreithiwr ddau neu dri o gŵn a gyfarthai'n ddi-baid ddydd a nos) Roedd o'n aelod yng Nghapel y Cei – 'anhyglyw ac anamlwg yn y cwrdd', mae'n wir – ond yn ddigon parod i agor ei law i gyfrannu at gynnal yr adeilad yn ôl y galw.

Wedi siarad yn ddyrchafol am y ddiweddar Miss Peters am ychydig funudau, aeth y Cyfreithiwr at fater yr ewyllys. Wedi canu salm foliant arall iddi yn cyfeirio at ei haelioni, pwysodd fotwm i alw ar Miss Phillips i mewn. Daeth hithau yno cyn gynted ag y gallai'i thraed blinedig ei chario.

'Os ewch chi, Miss Phillips, i gyrchu ewyllys ola' Miss Peters ar gyfer Mistyr Thomas a'i briod.'

'Gyda phlesar, Mistyr James.'

Dychwelodd Miss Phillips, ymhen ychydig funudau, yn cario anferth o gaets crwn a pharot llwyd a phluen goch yn ei gynffon yn swingio'n feddw ar un o'i ffyn. Gyda help y Cyfreithiwr, llwyddodd i godi'r llwyth a'i roi ar gongl y ddesg. Yna, ymadawodd yn dawel.

'Diolch, Miss Phillips.'

'Diolch, Mistyr James.'

Wedi dod dros ei feddwdod, sodrodd y parot un llygad milain ar y Gweinidog a dweud yn hollol glir, '*Haleliwia!*'

'Dyma, Mistyr Thomas, ewyllys a thestament ola' Miss Peters.'

'Y parot 'ma?' holodd y Gweinidog mewn sioc ac wedi cael siom.

'Dyna oedd dymuniad ein diweddar chwaer.'

'Ond be' oedd ar 'i phen hi?' holodd y Gweinidog, wedyn, yn flin.

'Meddwl am gysuron y parot roedd ein chwaer, mae'n fwy na thebyg. Fel y gwyddoch chi, mae o wedi'i fagu yn sŵn emynau.'

'*Draw, draw yn Tsiena,*' ebe'r parot, fel pe i ategu hynny.

'Ond dda gin y wraig 'cw ddim adar o unrhyw fath. Ma' hi ofn hyd yn oed robin goch.'

'Ond mi rydach chi'ch dau, Musus Thomas a chithau, yn dra hoff o emynau.'

'Ydan.'

''Dw i'n siŵr, Mistyr Thomas, y bydd o'n addurn i'ch aelwyd chi. Petai o'n gorfod mynd i aelwyd lle ma' cryn dipyn o regi fe allai hynny fyrhau'i oes o.'

'Hoffwn i ddim deud wrthach chi pa eiriau fydd ar dafod Ceinwen 'cw pan welith hi hwn yn landio.'

Erbyn hyn, roedd John James yn rhy awyddus i gael y parot oddi ar ei ddwylo i wrando ar unrhyw amddiffyniad pellach, 'Os byddwch chi, Mistyr Thomas, mor garedig ag arwyddo yn y fan yma, i gadarnhau fy mod i wedi cyflawni ewyllys olaf ein diweddar chwaer. Gyda llaw, mae'r cawell hardd yma, yn ogystal, yn mynd hefo'r deryn.'

Wedi i Eilir arwyddo, agorodd James drôr yn ei ddesg a thynnu bag o gnau allan, 'Chi biau'r cnau yma, yn ogystal. Mi roedd yna ddau fag, ond mi gliriodd un bag neithiwr. Mi ddylwn i'ch rhybuddio chi 'i fod o'n drwm ar gnau ac yn gwastraffu cryn dipyn.'

Cyn ymadael, penderfynodd Eilir wneud un ymdrech arall i gael gwared â'r parot, 'Fasach chi, Mistyr James, ddim yn hoffi'i gadw o, a'i hongian o yn y ffenast? E'lla basa fo'n help i ddenu busnas. Ma' parot, rhywfodd, bob amser yn tynnu sylw pobl.'

Gwenodd John James wên na allai neb ond cyfreithiwr ei gwenu. Cododd o'i gadair, i awgrymu y dylai'r Gweinidog wneud yr un peth. 'Mi rydach chi'n rhyfeddol o garedig, Mistyr Thomas. Ond mi adawa' i y bendithion a ddaw i ganlyn parot i chi a Musus Thomas. Gyda llaw, cofiwch fi ati hi, yn rhyfeddol o gynnes.'

Dechreuodd y Twrnai wthio'r Gweinidog a'r deryn i gyfeiriad y drws allan, 'Bydd, mi fydd y ddiweddar Miss Peters yn gorffwyso'n dawelach o wybod bod ei hewyllys a'i thestament ola' wedi eu gwireddu . . . Bora da, rŵan, Mistyr Thomas. Bora da . . .'

* * *

Pan ddaeth Ceinwen adref o'i gwaith a gweld y parot, a'r parot yn ei gweld hithau, aeth y ddau, am y cyntaf, i dop y caets.

Ceisiodd Eilir ddadlau achos Livingstone ond i ddim pwrpas.

'Waeth i ti un gair mwy na chant, Eilir Thomas. Ddaw yna'r un parot i'r tŷ, tra bydda' i yma,' a stampio llawr y gegin fel dafad yn wynebu ci.

'Ond, Ceinwen, ni biau'r parot erbyn hyn.'

'Y fo, ne' fi. Gei di ddewis.'

'E'lla ma' nid fo ydi o. E'lla ma' hi ydi o. Fedar neb fod yn siŵr.'

''Sa waeth gin i 'tasa fo'n rhwbath rhwng y ddau, ddaw yr un o'i 'denydd o dros riniog y tŷ yma.'

'Mae o'n gw'bod llawar iawn o emynau, ma'n debyg.'

'A finna'. Mwy o bosib'.' Dechreuodd Ceinwen ymresymu â'i gŵr, 'Eilir, mi wyddost pethau mor afiach ydi parotiaid – os oes 'na'r fath beth â lluosog ohonyn nhw – yn lluchio hadau a chnau i bob twll a chornel a'u baw nhw'n un streips hyd bob peth. 'Dydi'r ast ddefaid 'ma s'gin ti yn baeddu digon ar y lle – yn bwrw'i blew ymhob man.'

Taflodd Brandi ddau lygad meddal ar ei meistres gan wybod, o brofiad, bod cyfarthiad Ceinwen, fel sawl gast arall, yn llawer gwaeth na'i brath hi.

'Ond, Ceinwen, dyna oedd ewyllys a thestament ola' Camelia Peters yn ôl John James. Mi roedd o'n deud 'i bod hi'n ddyletswydd arnon ni dderbyn y rhodd yn ddiolchgar ac y bydda'r parot, o gofio'i fagwraeth, a'i wybodaeth o'r *Llyfr Emynau*, yn addurn i'r aelwyd.'

'Yn addurn i'r aelwyd ddeudodd o? Mi geith John James fynd i ganu, ac mi geith William Howarth fynd hefo fo – i 'neud deuawd.'

'Ond be' fedrwn ni 'neud hefo fo? Fedrwn ni mo'i ollwng o allan i'r ardd.'

'Medrwn.'

'Y?'

'Ond 'nawn ni ddim. Ne' mi geith oerfal a marw.'

'Be' 'nawn ni hefo fo 'ta.'

'I werthu o.'

'I bwy? Pwy brynith barot?'

Am foment, cafodd Ceinwen ei hun mewn congl gyfyng. Yna, cafodd syniad a fedrai fod yn iechydwriaeth i'r parot ac yn waredigaeth iddi hithau, 'Mi wn i be' 'nawn ni.'

'Be'?'

'Mi wyddost am y Lloches anifeiliaid ac adar? Ar y darn tir 'na tu cefn i'r hen Stesion.'

'Mi wn i am yr adeilad ond fûm i 'rioed â fy nhroed dros drothwy'r lle.'

'Tra' bydda' i'n rhoi'r tatws i godi berw, mi gei di ffonio'r lle a gofyn faint ro'n nhw i ni amdano fo. I mi ga'l prynu carbad grisiau.'

'Reit. Ond faint ofynna' i amdano fo.'

'Howarth yn deud 'i fod o'n werth cannoedd lawar.'

Gyda chil ei llygaid, sylwodd Ceinwen ar Livingstone yn chwalu cawod o blisg cnau i bob cyfeiriad, 'Wel sbïa, ma'r gwalch yn sbriannu'i fwyd i bob man!' Cydiodd Ceinwen yn y lliain bwrdd a'i daflu dros y caets.

'*Arglwydd, mae yn nosi,*' meddai'r parot, mor glir â chloch, nes syfrdanu'r ddau.

'Reit. Mi a' i i ffonio. 'Sgin i ond gobeithio y caiff o garta crefyddol.'

*   *   *

'Iâr 'ta ceiliog, s'gynnoch chi, Mistyr . . . m . . . Thomas?'

''Sgin i'r un o'r ddau.'

'O!'

'Parot s'gin i.'

Daeth saib i'r sgwrs a awgrymai fod y ferch a oedd ar ben arall y ffôn ar fin chwythu ffiws.

'Ond ma' gynnoch chi barot?'

'Oes, un parot.'

'Wel, fedrwch chi ddeud wrtha' i, p'run ai iâr parot 'ta ceiliog parot s'gynnoch chi?'

'Ma' 'na wahaniaeth, felly?'

Ochneidiodd y ferch ochenaid drwm lwythog a holi, 'Oni bai am hynny, sut 'dach chi'n meddwl y byddan nhw'n medru ca'l cywion? 'Dw i'n cymryd yn ganiataol eich bod chi wedi priodi, Mistyr . . . m . . . Thomas.'

'Ydw.'

'Mi fyddwch yn medru deall, felly, o brofiad, be' s'gin i mewn golwg.'

'Bydda', debyg.'

'Rŵan, Mistyr . . . m . . . Thomas,' a dechrau siarad yn araf gan bwysleisio pob gair, fel petai hi'n egluro i blentyn, 'deudwch chi wrtha' i, a chy'mwch ddigon o amsar i feddwl, ai ceiliog parot 'ta iâr parot s'gynnoch chi? Peidiwch â rhuthro, er 'mod i'n anarferol o brysur.' Un ffiaidd oedd y ferch.

Taflodd y Gweinidog gip i gyfeiriad Livingstone, yn crafu'i blu yn haul y bore. 'Ceiliog . . . 'Dw i'n meddwl.'

Aeth y ffiws yn siwrwd. 'Yn meddwl? Pam 'dach chi'n deud hynny, Mistyr . . . m . . . Thomas?'

''Dydw i ddim wedi gweld sein o wy o gwbl.'

'Ac ers faint o amsar ma'r parot yn eich meddiant chi?'

'Ma' o yma ers deuddydd rŵan.'

Bu bwlch hir arall yn y sgwrsio; y ferch ar ben arall y ffôn yn cyfri deg cyn ateb.

'Mistyr . . . m . . . Thomas, be' am ymgyfarwyddo mwy â byd natur? Mynd am dro i'r wlad. Sylwi ar yr adar a'r gwenyn a gweld sut ma' nhw'n paru ac yn codi teulu. Rŵan, un cwestiwn bach arall i gwblhau'r ffurflen 'ma, oes gan y parot rif neu enw?'

'Livingstone.'

'Pardwn?'

'Livingstone. Dyna ydi enw'r parot.'

Daeth asbri newydd i lais y ferch ym mhen arall y ffôn. Dechreuodd wenu siarad, 'Ac mi rydach chithau, Comred, yn Sosialydd fel finnau. Yn Drosciaid sy' am i'r Proletariaid yn ein plith ni ga'l eu hurddas a'u hawliau, ga'l tegwch a chwarae teg.'

'Be' 'dach chi'n feddwl?'

'Wel, Comred, fedrwch chi fod yn ddim ond Sosialydd os ma' Livingstone ydi enw'ch parot chi.'

Aeth y Gweinidog i fwy o dywyllwch fyth, 'Rhaid i chi danlinellu'r peth i mi, ma' gin i ofn. Ychydig o goleg ge's i,' a dweud celwydd gwyn.

'Wel, Livingstone! Ken Livingstone. Red Ken.'

'Na, na. Nid y Livingstone yna.'

'O!'

'Wedi'i fedyddio ar ôl cenhadwr ma' hwn. David Livingstone, un ddaru agor Affrica i Gristnogaeth.'

'Felly!' a sychodd diddordeb y ferch yn y fan. Daeth yr haearn yn ôl i'w llais, 'Ma' gin i ofn, Mistyr . . . m . . .

Thomas, na fedrwn ni ddim prynu'r parot. 'Dydi rheolau'r Gymdeithas ddim yn caniatáu hynny.'

'Ond mae o'n werth rhai cannoedd.'

'Digon posib'. Cannoedd lawer, ma'n debyg. Serch hynny, mi fedrwn ni, mae'n debyg, ei gymryd o'ch dwylo chi a cheisio'i ail-gartrefu o. Os dowch chi â fo aton ni i'r Lloches.'

'Wedi meddwl 'i werthu o roedd y wraig.'

Anwybyddodd y ferch y sylw. 'Mi wyddoch ble'r ydan ni?'

'Gwn.'

'Dowch â fo yma, fory. Rhywbryd rhwng deg a hannar awr wedi pump.'

'Reit.'

'A dod â'r caets yn ogystal.'

'Wela' i.'

'Gyda llaw, mi fydd yn ofynnol i'r fet 'i archwilio fo wrth gwrs, a'i inociwleiddio fo rhag y gwahanol afiechydon sy'n taro adar o wlad dramor. Ond ddyla' hynny ddim costio llawar iawn i chi.'

'Be' 'dach chi'n feddwl?'

'Rhyw drigain punt hwyrach. Dim mwy na phedwar ugain ar y mwya'.'

'Felly.'

'Dyna fo, mi'ch gwelwn i chi, felly.'

'Dibynnu be' ddeudith y wraig.'

'Yn naturiol. Fydda' i'n sylwi ma'r wraig sy'n gwisgo'r trowsus yn y rhan fwya' o gartrefi. Cofiwch fi ati, er nad ydw i ddim yn 'i nabod hi,' a rhoi'r ffôn i lawr yn glep.

*   *   *

Ar ei ffordd i'r Lloches, a Livingstone yn ei gawell yn y sedd gefn, penderfynodd Eilir barcio am foment mewn stryd ochr i gael picio i'r banc i godi arian i dalu am dystysgrif iechyd i'r parot. Wedi troi'r gongl, daeth ar draws Shamus Mulligan yn llygadrythu i ffenest siop Ebsworth, y gemydd, lle roedd yna sioe ddigon o ryfeddod o fodrwyau, watsus, clustdlysau a'r cyffelyb.'

'Sudach chi, Shamus?'

'Giami, Bos bach.'

'Ddim yn dda ydach chi?'

'Shamus yn *O.K.*'

'Ydi Musus yn cwyno 'ta?'

'Ma' iechyd fo'n iawn.'

'B'yta fath ag eliffant 'sti.'

'Wel, ma'n dda gin i glywad ych bod chi'ch dau mewn iechyd.'

'Ond ma' fo'n ypset, Bos.'

'Pwy? Kathleen?'

'M.'

'Pam hynny?'

''Ti'n 'nabod Brady, Bos?'

'Ydw.'

'Hogan da, Brady, Bos.'

'Ydi, mi wn. Hogan annwyl iawn. Ddim yn dda ma' hi?'

'Ma' fo'n disgw'l babi, cofia.'

'Mi wn i,' ebe'r Gweinidog yn gwbl ddifeddwl. Camddeallodd Shamus Mulligan yr ateb. Daeth fflach o obaith i'w lygaid. Holodd yn sionc, 'Chdi daru saethu, Bos?'

'Bobol mawr, nagi! Clywad 'nes i. Wel, y hi ddeudodd wrtha' i, yn y Tebot Pinc.'

O glywed hynny, machludodd y gobaith yn llygaid y tincer a chiliodd y sioncrwydd o'i lais, 'Biti am hynny, ia? 'Sa'n neis ca'l chdi yn *son-in-law* i fi. Ond ma' Musus fi yn ypset, Bos.'

'Alla' i ddychmygu.'

'A ma' Shamus am prynu present i codi'i calon o.'

'Be' 'dach chi am brynu iddi, Shamus?'

'Dim *idea*. Ma' fo'n lecio *jingles*, w'sti.'

'*Jingles?*'

''Ti'n gw'bod, Bos, y pethau 'ti'n hongian wrth dy clustiau.'

'O.'

'Ond ma' gynno fo llond trol ohonyn nhw yn *caravan*. A dim ond dau clust sy' gynno fo.'

Yn sydyn, cofiodd y Gweinidog am ddiddordeb rhyfeddol y Mulliganiaid mewn adar o bob math, ac am y sŵ adar, fwy neu lai, a oedd am y pared â'r garafán, a chafodd weledigaeth annisgwyl. ''Ddaru chi 'rioed feddwl am brynu parot yn anrheg iddi?'

'Parot, Bos?'

'Ma' hi wrth 'i bodd hefo adar.'

''Di mopio, Bos bach.'

Sylwodd Eilir ar y tincer yn yfed y syniad a phenderfynodd fynd am y bibell wynt tra roedd cyfle, 'Mi fedra' i werthu parot i chi, Shamus.'

'Wir yr, Bos?'.

'Wir.'

'Ond ma' parot yn deryn drud.'

'Mi wn i hynny.'

'Un llwyd, hefo pluan goch yn 'i gynffon ydi o.'

'*African Gray*,' ebe'r tincer yn deffro drwyddo.

'Dowch hefo mi at y car, i chi ga'l golwg arno fo.'

Lluchiodd Mulligan stwmp sigarét i'r palmant a'i sathru â'i sawdl. 'Gin ti *sideline* bach handi, Bos.'

Agorodd y Gweinidog ddrws y car i Shamus gael gweld y deryn. Syllodd y parot i fyw llygaid y tincer a dweud, mewn cyn ddyfned llais â Paul Robeson, '*Ol' Man River!*'

Chwibanodd Mulligan ei ryfeddod, 'Whiw! *Psittacus erithacus*,' gan roi'r enw gwyddonol i'r deryn.

''Dach chi'n lecio fo?'

'*Beauty*, Bos bach. A ma' gin Shamus iâr 'sa'n g'neud *champion* o gwraig iddo fo.'

'Y fo ydi o, felly?'

'*Indeed*. Be' 'ti isio amdano fo, Bos?'

'Pum cant o bunnau.'

'Shamus yn dlawd, cofia,' a dechrau gwneud sŵn crïo. 'Tarmacio 'di mynd yn *dead loss* 'sti.

'Ac ma'r caets yn mynd hefo fo ... Be' amdani 'ta?' A daliodd y Gweinidog ei law allan fel y gwelodd Shamus yn gwneud.

'*Deal*, Bos,' a rhoi eithaf slap i'w law.

Tynnodd Shamus Mulligan waled foldew ryfeddol o boced ei ofarôl a dechrau cyfri. Efallai mai crap ar ddarllen a oedd gan y tincer ond gallai gyfri papurau punnoedd â chyflymdra bancer.

'Dyna i ti pum cant, Bos.'

'Diolch.' Yna, gwthiodd y Gweinidog y bwndel punnoedd yn ôl i ddwylo Shamus. 'Dyna finnau'n talu'r bil i chithau am drwsio'r foelar.'

'Y?'

Tynnodd Eilir y bil allan, a'i roi i Shamus, ''Newch chi sgwennu 'talwyd' ar hwn i mi?'

Daeth gwên hyfryd i wyneb tywyll Shamus Mulligan, 'Boi od ti, Bos. 'Ti ddim isio fo yn pres *lush*?'

'Na.'

Gyda phensel, a'i min fel blaen trosol, sgriblodd Mulligan un frawddeg derfynol ar y tamaid papur: '*Paid by parrot*'.

Pan oedd Shamus yn tynnu'r parot allan o'r car teimlai'r Gweinidog y dylai sôn rhyw ychydig am ei bedigri, 'Gyda llaw, well i mi egluro ma' Livingstone ydi'i enw fo.'

'Enw od, ia.'

'O barch i ddyn fuo'n pregethu yn Affrica, math o genhadwr.'

Roedd hanes y genhadaeth yn faes tywyll i Shamus. 'E'lla 'neith Musus galw fo'n Finnigan, o parch i *Father*.'

'Iawn.'

'Ond ma' fo'n prygethwr giami, Bos.'

'Ac un peth arall, Shamus. 'Dydi o ddim yn rhegi.'

''Ti dim wedi'i ddysgu o 'ta?'

'Nag ydw.'

'Biti.' A chafodd Shamus ei weledigaeth, 'Paid ti â colli cysgu am hynny, Bos. 'Neith Patrick Joseph 'i ddysgu o i ti. Ma' fo'n *champion* am rhegi.'

'Ydi o wir?'

'Hogyn da, Patrick Joseph, Bos.'

Wedi cychwyn ymaith yn cario'r caets, trodd Shamus yn ei ôl a holi, ''Nei di rhoi *discount* i fi, Bos?'

'Discownt?'

'Os ma' boi o capal chdi daru saethu, 'nei di bedyddio i Brady ar y *cheap*?'

'Peidio â chyfri cywion, Shamus, cyn deor. Dyna fydda' orau.'

''Na i roi gw'bod i ti, *anyway*, pan daw o.'

Wedi gwerthu'r parot aeth y Gweinidog ymlaen ar ei rawd fugeiliol gan deimlo fod atlas o faich wedi disgyn oddi ar ei ysgwyddau. Nid pob dydd y bydd dyn yn codi'n gynt na Shamus Mulligan, a theimlai iddo, am unwaith yn ei oes, ladd dau dderyn ag un ergyd. Ei falchder pennaf, fodd bynnag, oedd fod ewyllys a thestament olaf Camelia Peters – petai ganddi'r arian – wedi'i sylweddoli.

3. 'DŴR, DŴR, GLOYW DDŴR'

'Un *vol-au-vent* bach arall, Mistyr Thomas. Jyst i'ch cario chi adra.'

'Ddim diolch, Musus Phillips.'

'*Call me* Ffrîd. Dyna fydd fy ffrindiau'n 'y ngalw i.

Ynte, Twdls?'

'Ia'n tad. A gwaeth pethau!' a chwarddodd Alfred Phillips nes oedd y mynydd bol yn torri'n donnau ac yn diferu dros y mymryn trowsus nofio a wisgai. 'Be' am ddysgla'd bach o'r peth brown 'ma, Mistyr Thomas?'

Ffyrnigodd Freda Philips, 'Nid 'peth brown' ydi enw fo, Twdls!'

'O!'

'Ma' gin y 'peth brown' enw.'

''Ddrwg gin i, Blodyn.'

'*Death by Chocolate* ydi enw iawn y 'peth brown'!'

'Mi fydd raid i mi drio cofio hynny.'

Pryfaid wedi codi o ben tomen oedd gŵr a gwraig Plas Coch ond bod Freda yn un well am wneud migmars na Fred. Tuedd Fred, serch y cyfoeth a gasglodd, oedd bradychu'i fagwraeth dlawd yn ardal yr Harbwr a rhoi'i droed ynddi'n amlach na pheidio.

Wedi sgwrio'i gŵr, cydiodd Freda Phillips mewn dysgl wydr a holi'n annwyl ddigon, 'Gymw'ch chi 'chydig bach o'r *Death by Chocolate* 'ma, Mistyr Thomas? Jyst i newid blas y *vol-au-vent?*

'Y mymryn lleia' 'ta. Diolch i chi.'

'Be' am lasiad o'r *Asti Spumanti* 'ma i wthio fo i lawr?' awgrymodd Fred yn ei ffordd werinol ei hun gan ddal gwddw'r botel i'w gyfeiriad.

''Dw i'n siŵr ma' dipyn o ddŵr ffynnon o botal gym'ith Mistyr Thomas,' ebe hithau, yn ateb drosto, 'Y . . . wrth fod o'n dreifio.'

'Be' amdanoch chi, Blodyn?'

'Dim rhagor. Gin i *Old Time* am wyth.'

'Yn y Cwt Chwain?' gofynnodd y Gweinidog yn ddifeddwl.

'Yn yr hen sinema, ia.'

'O wel, gan nad oes neb ohonoch chi'n sychedig iawn, waeth i mi orffen hwn ddim. Egru 'neith o, unwaith ma'r corcyn wedi'i dynnu.' Cododd y botel i fyny, 'Iechyd da i'r ddau ohonoch chi!'

Roedd y Gweinidog yn cicio'i hun am iddo gamamseru'i ymweliad â theulu Plas Coch. Oedodd beth wedi'i bryd min nos, yna, gan ei bod hi'n noson o haf, cerddodd y filltir serth o'r dre i'r plasty bychan a safai yn ei libart ei hun ar y ffordd allan i'r wlad. Yn anffodus, roedd Fred a Freda Phillips yn dal i swpera ar y patio wrth y pwll nofio pan gyrhaeddodd.

Y ci oedd y cyntaf i'w groesawu: Bleiddgi Gwyddelig, o waed coch cyfa' yn ôl ei bedigri, a ffŵl brwnt os bu un erioed. Pan glywodd glicied y llidiart yn cael ei gyffwrdd carlamodd i'r cyfeiriad, fel llo dwyflwydd, a darn lusgo'r Gweinidog i fyny'r dreif at ymyl y pwll nofio gerfydd llawes ei gôt. Roedd y Philipiaid wedi dotio at y peth.

'Pedro, fel ninnau'n dau,' meddai Freda, 'bob amsar yn falch o weld y Gw'nidog.'

'Methu â'ch gweld chi'n cyrraedd yn ddigon buan roedd o, Mistyr Thomas,' chwythodd Fred o dan big y cap basbol. 'Mae o'r un fath hefo'r postman a'r dyn llefrith. Ma' nhw rŵan yn gada'l 'u pethau wrth y giât lôn.'

Gofidiodd Eilir na fyddai wedi gwneud yr un peth; aros wrth y llidiart a gweiddi bugeilio.

'Cym'wch gadair haul, Mistyr Thomas.'

'Ia,' ychwanegodd ei gŵr heb syflyd o'i led-orwedd, 'rhai isal hen ffasiwn ydi'r gorau gin i.'

Dewisodd y Gweinidog gadair glwt, gyffelyb. Mynnodd Freda ei fod yn pigo hyn ac arall o'r bwyd-estyn-ato a oedd ar y bwrdd trestl, 'Dowch 'stynnwch ato fo, Mistyr Thomas. G'newch fel 'tasa chi gartra.'

'Diolch i chi. Mi gymra i fymryn, er ma' newydd ga'l pryd ro'n i cyn cychwyn.' Fe wyddai Eilir mai bwyd pryn oedd y cyfan ohono. Prydau bys a bawd a diod o boteli oedd hi ym Mhlas Coch, yn amlach na pheidio – os na fyddai yno barti ac arlwywyr wedi'u cyflogi. Yn ôl y rhai a ddylai wybod ni allai 'Ffrîd Plas Coch', chwedl hwythau, hyd yn oed ferwi dŵr heb ei losgi. Serch hynny, roedd yna flas digon o ryfeddod ar y mân bethau, yn basta *pâté*, yn goesau cywion ieir a *salami*, yn grempogau a phwdinoedd.

Cryfhaodd yr haul, serch ei bod hi'n fin nos, a sodro'i hun

yn union uwchben pwll a phatio Plas Coch. Ochneidiodd Freda Phillips wrth deimlo'r gwres, 'Mi rydw i am dynnu'r cimono 'ma, Mistyr Thomas, os nag ydi o wahania'th gynnoch chi 'te.'

'Ia'n tad,' atebodd y Gweinidog heb fod yn hollol sicr beth oedd 'cimono'.

'Tynnwch chi be' fynno chi,' atebodd ei gŵr, yn hwyliog. 'O fewn rheswm, ynte Mistyr Thomas?'

'O! fedra' i ddim maddau i fymryn o haul. M . . . sgiwsiwch y bicini.'

Roedd y Gweinidog yn ddigon parod i esgusodi'r bicini deuddarn, cynnil; y Sahara o groen brown, rhychog, rhwng y ddau ddarn oedd yn afiach i'r llygad ac yn ei atgoffa o ddarlun a welsai o Sgroliau'r Môr Marw.

Wedi'r dadwisgo aeth Freda i orwedd ar wely haul a gosod ei dwy droed ewingoch mwy neu lai yng ngwynt y Gweinidog. Yr unig beth i dorri ar dawelwch hwyr o haf – ar wahân i'r pwmp a gylchdroai'r dŵr yn cecian yn achlysurol – oedd Pedro wirion yn mynnu neidio i'r pwll, bob hyn a hyn, a Fred yn gorfod mynd i mewn i'w achub rhag iddo foddi.

Yn ôl drwg-arfer gweinidogion, ac i dorri ar y saib yn y sgwrsio, aeth Eilir ati, yn gwbl ddifeddwl, i holi hynt a helynt y teulu-yng-nghyfraith.

'A sut ma' Elvis a Nuala?'

''Chydig iawn fyddwn i'n weld arnyn' nhw,' atebodd Freda'n siort. 'Ma' Elvis ni, ma' gin i ofn, wedi gwerthu'i enedigaeth fraint.'

'Ma' hon, o leia' wedi'i magu yn yr ysgol Sul,' meddyliodd y Gweinidog wrth glywed yr ymadrodd 'genedigaeth fraint'.

'Draw ar y Morfa 'na mae o,' eiliodd ei gŵr, 'yng nghanol yr holl filgwn ac adar, a beth bynnag arall sy' yno.'

'Yn byw mewn carafán. A digon o le iddo fo yma hefo ni,'

a phwyntio at y plasty o le tu cefn iddi. Dolur a oedd yn dal i waedu oedd priodas frys Elvis, eu mab hynaf, a Nuala, merch Shamus Mulligan a'i wraig. 'Ond ma' Patrick Joseph, yr hogyn hyna', i mewn ac allan o Plas Coch 'ma. Fel 'tasa piau fo'r lle.'

'Mae o wrth 'i fodd yn dwad yma i nofio, ac yn crimetio'i hun, wedyn, yn y *sauna* s'gynnon ni – ne'n waldio peli hefo mi yn y cwt snwcer.'

'Ystafell snwcer, Twdls,' cywirodd hithau, 'nid cwt. Gair hyll ydi 'cwt'.'

''Ddrwg gin i, Ffrîd.'

''Tydi o hefo chithau yn y capal, Mistyr Thomas,' meddai hithau wedyn, am feddwl y gorau am yr ŵyr. 'Ro'n i'n deud, er y dydd y ganed o, 'i fod o'n hogyn bach *religious*.'

'Bydd, mi fydd yn dŵad i'r Capal Sinc, bob hyn a hyn, i ymarfar hefo'r band,' cytunodd y Gweinidog, ond gan osgoi gwneud sant o Patrick Joseph. 'Ma' Dyddgu, un o'n Blaenoriaid ni, wedi hel grŵp canu at 'i gilydd. Ma' dau o'i phlant hithau yn y parti. A'r hogyn 'na ma' Musus Cwini Lewis, Llanw'r Môr, yn nain iddo fo. Rooney 'dw i'n meddwl ydi'i enw fo.'

'Cwîn Meri' 'dach chi'n feddwl?' meddai Freda yn wawdlyd. (Roedd hi'n amlwg nad oedd Cwini a hithau'n perthyn i'r un borfa gymdeithasol.)

''I iaith o sy' fymryn bach yn las,' cyfaddefodd Fred Philips, yn cyfeirio at Patrick Joseph. 'Ond be' 'dach chi'n ddisgw'l 'te, a fynta' yn byw a bod hefo'r Taid Mulligan 'na. "Hyffordda blentyn ymhen y ffon", medda'r Beibl.'

'"Ymhen ei ffordd",' eglurodd y Gweinidog.

'Dyna chi, ro'n i'n meddwl ma' rwbath fel'na oedd o.'

Ond 'doedd 'Nain Plas Coch' ddim am warchod cymeriad Patrick Joseph cyn belled ag oedd ei iaith yn y cwestiwn, ''Tasa chi'n i glywad o, pan fydd 'Taid Twdls' wedi'i guro fo hefo snwcer. Geiriau digon cry', Mistyr Thomas bach, i godi paent oddi ar y waliau.'

'Cym'wch ragor o'r 'peth br . . . o'r pwdin yma,' cymhellodd Fred, i newid cyfeiriad y sgwrs ac i achub peth ar enw da Patrick Joseph.

''Ddim yn siŵr i chi. Mi rydw' i wedi b'yta mwy nag a ddyliwn i fel ag y mae hi.'

Roedd y Gweinidog yn dal i gofio iddo gael lliwied ei fwyd yno rai blynyddoedd yn ôl, wedi iddo alw ym Mhlas Coch i ofyn i'r adeiladydd roi amcangyfrif am darmacio o amgylch y capel ac i'r gontract honno fynd, wedyn, i Shamus Mulligan a'i feibion. 'Ond ma' hwn yn ardderchog, ma'n rhaid i mi gyfadda. Be' oeddach chi'n 'i alw o hefyd? I mi ga'l deud wrth Ceinwen wedi i mi fynd adra.'

'*Death by Chocolate*,' pwysleisiodd Freda, drachefn, yn synnu nad oedd y Gweinidog – serch iddo gael blewyn o goleg – ddim nes i'r lan hefo steil na'i gŵr.

Dyna'r foment y bu bron iddi fynd yn farwolaeth drwy fygu. Penderfynodd y ci gwlyb – er mwyn amrywiaeth, mae'n debyg – neidio ar lin y Gweinidog yn hytrach nag i'r llyn. Aeth y gadair haul yn briciau oddi tano, disgynnodd yntau'n glewt ar fflacs caled y patio a'i grys yn socian.

'Ddaru chi ddim brifo, Mistyr Thomas?' holodd Freda yn ddigon didaro.

'Ddim yn ddrwg.'

'Ro'n i'n deud', meddai Fred, yn chwerthin ei hochr hi, 'fod y ci 'ma'n ffond gythra'l o'r Gw'nidog.'

'Langwej, Twdls!' rhybuddiodd hithau. 'Langwej!'

Wedi codi ar ei draed a hel ei hun at ei gilydd, penderfynodd y Gweinidog fod hwn yn ddrws ymwared iddo, 'Mi rydw' i am 'i throi hi rŵan, os ca' i. Ma'n ddrwg gin i i mi dorri'r gadair.'

'Peidiwch â cholli cwsg am hynny,' ebe yntau, heb syflyd o'i nyth, 'ma' 'na ddigonedd o gadeiriau haul tebyg i hon'na hyd y lle 'ma. Pryfaid sy'n mynd i'r pren, dyna pam ma' nhw'n colapsio mor hawdd.'

Cododd Freda o'i gwely haul a dod yn agos at y Gweinidog, 'Cyn i chi fynd, Mistyr Thomas, 'dw i am agor 'y nghalon i chi, os ca'i.'

'Ia?'

'Ac ma' Fred yn cytuno. Yn dydach, Twdls?'

'Y . . . ydw,' atebodd hwnnw ond heb fod yn sicr beth yn union oedd Ffrîd am ei agor, ac o'i nabod, yn ofni'r gwaethaf.

'Teimlo rydan ni bod yna fraint fawr wedi' i hestyn i ni fel teulu y dyddiau d'wytha 'ma ac na fydd yr aelwyd ym Mhlas Coch byth yr un fath eto.'

'O!'

'Mi rydach chi'n nabod William Thomas?'

'Bethabara View?'

'Dyna ni.'

'Mae o'n Ddiacon ffyddlon iawn hefo'r Bedyddwyr,' ac yn cofio, wrth ddweud hynny, mai ym Methabara y cafodd teulu Plas Coch siambr sorri wedi i Fred golli'r gontract i darmacio o amgylch y capel.

'Dyn da, Mistyr Thomas.'

'Dyn da iawn . . . i'w eglwys,' gan osgoi ychwanegu'i fod yn un ystyfnig ryfeddol, serch hynny.

Yn grefyddol, un cul fel llafn rasel oedd William Thomas. Wedi priodi a symud i fyw o fewn tafliad carreg i'r capel, newidiodd enw'r tŷ, o 'Drws y Llan' i'r mwngrel 'Bethabara View' – serch mai dim ond crib to Bethabara a welai o'i gartref a hynny o ffenest y llofft gefn. Amddiffynnai enw da y ddiadell fechan ym Methabara â mileindra ci yn gwarchod asgwrn ac âi cyn belled â sirioli pan glywai am gapeli eraill y dref yn colli tir.

'Ma' 'i weddïau fo, Mistyr Thomas, yn dal yn ein clustiau ni o hyd. Yn 'tydyn, Twdls?'

'Y . . . m . . . ydyn,' mwmiodd yntau, o dan big isel y cap basbol, ond heb fod yn barod am y fath gwestiwn eneidiol.

Aeth rhagrith Freda Philips ar wig y Gweinidog a mentrodd, 'Ond roeddach chi'n deud wrtha' i, ma' gweddïau 'hirfaith' William Thomas yrrodd chi'n ôl i Gapal y Cei?'

'Ia siŵr,' cytunodd Twdls, yn annoeth, yn ateb dros ei wraig, 'hynny a phrindar cotiau ffyr. Un a hannar oedd yno i gyd.'

Anwybyddodd Freda Philips sylwadau'i gŵr a mynd ymlaen i agor ei chalon yn lletach fyth, 'Wel, mi ddaeth William Thomas bob cam i Blas Coch, yn 'i siwt Sul, ac mi gafodd lond cwpan o ddŵr ffynnon hefo ni ar y patio 'ma. A wyddoch chi be', Mistyr Thomas?'

'Na wn i.'

'Mae o wedi gofyn am fenthyg y pwll nofio 'ma, i fedyddio merch 'i chwaer, dair wythnos i nos Sul nesa' – os y bydd hi'n ffit o dywydd.'

'Bobol!'

'Ydi. Ac ma' Fred a minnau wedi croesawu'r peth â breichiau agorad. Yn 'tydan, Twdls?'

'Ydan. Ac ma' Ffrîd am drefnu tama'd o fwyd i ni ga'l dipyn o *knees up* wedi iddi fod yn y dŵr.'

'Noson gymdeithasol, Twdls.'

'Y?'

'Noson gymdeithasol, nid *knees up*.'

''Ddrwg gin i, Blodyn.'

Penderfynodd y Gweinidog mai dyma'r foment i ymadael yn derfynol, 'Wel 'sgin i ond gobeithio y bydd hi'n noson fendithiol i bawb fydd yma.'

'Mi'ch gwelwn ni chi yn y capal dydd Sul, Mistyr Thomas,' addawodd Ffrîd. 'Chi sy' hefo ni 'te?'

Cododd Fred Philips ar ei eistedd gyda jyrc a gwneud siâp pêl golff â'i geg.

'Ydach chi ddim yn dda ne' rwbath, Twdls?' holodd hithau'n siarp.

'Trearddur,' mwmiodd hwnnw rhwng ei ddannedd.

'Twt, mi gewch chi ddigon o chwarae golff eto. Ma' rhaid i ni i roi'r pethau cynta' yn gynta'.'

Pan oedd y Gweinidog ar gyrraedd y llidiart, wedi gorfod oedi'n llawer hwy na'i ddymuniad, daeth Pedro, fel o unman, a chydio ynddo gerfydd pen ôl ei drowsus – naill ai mewn awydd i'w gadw yno am fwy o amser neu'i yrru oddi yno cyn gynted â phosibl.

'Cym honna'r sglyfaeth g'lyb!' a bygwth blaen troed iddo. Dychwelodd hwnnw at ei deulu, mewn braw, cyn gyflymed ag y gallai'i draed ei gario.

Wedi cau'r llidiart o'i ôl, dyrchafodd Eilir ei lygaid tua'r patio a'r pwll nofio i godi'i law. Dyna lle roedd Fred Philips yn ei ddyblau'n chwerthin am ben ymosodiad y ci a hithau'n ei blaen droedio hi'n dindrwm ryfeddol i gyfeiriad y tŷ a'r *Old Time* yn y Cwt Chwain.

* * *

Roedd y Blaenoriaid yn llifo allan o'r sêt fawr i stafell y blaenoriaid, a hwn ac arall, yn ôl y ffasiwn, yn diolch i'r Gweinidog am ei genadwri.

'Mi fuoch yn fyr ac i bwrpas,' meddai John Wyn yn glên ond yn mynnu ychwanegu, 'Yn wahanol i'r arfar.'

'Un o'r pregethau gorau glyw'is i gynnoch chi, ers tro,' ebe William Howarth, yr Ymgymerwr. 'Daliwch ati, Mistyr

Thomas, ac mi ddowch ymlaen yn iawn,' serch iddo fod wrth y gwaith o bregethu am dros ugain mlynedd.

'Oedd, mi roedd hi'n bregath ddi-fai,' meddai Meri Morris, wedyn.

Swiliodd y Gweinidog o glywed y fath ganmol annisgwyl a hanner ymddiheuro, 'Na wir, 'dw i ddim yn teimlo i mi bregethu fel y dylwn i.'

Ifan Jones, yr hen ffarmwr wedi ymddeol, a geisiodd gysuro'r Gweinidog ond yn gwneud hynny, fel arfer, o chwith, 'Peidiwch â phoeni dim, Mistyr Thomas bach, mi clyw'is i chi yn salach lawar tro.'

Tynnodd John Wyn dudalen o bapur o'i boced gesail, a honno'n grychau byw fel petai yna gath wedi bod yn cysgu arni, 'Mi hoffwn i chi wrando cynnwys y llythyr 'ma cyn ych bod chi'n ymadael.'

'Dyna fo, e'lla bydd Mistyr Wyn mor garedig â darllan y llythyr i ni, i ni ga'l clywad 'i gynnwys o,' cyhoeddodd y Gweinidog, i gael pawb i dawelu.

'Fedra' i mo'i ddarllan o' i gyd. Yn anffodus, mi rydw' i wedi anghofio fy chwyddwydr.' Daliodd yr Ysgrifennydd y llythyr hyd braich a chraffu, ''Dwn i ddim ar y ddaear fawr pam brynith y Bedyddwyr 'ma feiro newydd i William Thomas, Bethabara View. Ma' hon s'gynno fo wedi mynd yn wan fel dŵr.'

'Gwan fuo hi 'rioed,' eglurodd William Howarth. 'Un sy' wedi bod gynno fo. 'Dw i'n 'i gofio fo'n rhoi siec i mi am gladdu'i fam flynyddoedd mawr yn ôl. Mi fownsiodd honno, y siec felly. Nid am fod William yn dlawd ond am na fedra' Hopkins y Banc ddallt 'i sgwennu o.'

Fe wyddai Eilir mai llythyr neu ddau, rhai byr iawn, bob dwy flynedd, oedd eithaf cyfraniad llenyddol William Thomas ac o'r herwydd roedd yr un feiro wedi para blynyddoedd meithion. 'Gawn ni glywad, Mistyr Wyn, be' ydi'r genadwri sy' yn y llythyr, ne' mi fyddwn i yma dan ginio!'

Daliodd John Wyn y darn papur ymhellach allan fyth a chraffu'n fanylach, 'Deud mae o, cyn bellad ag y gwela' i, 'u bod nhw'n bwriadu gweinyddu y seremoni o fedydd . . .'

'Sacrament,' cywirodd y Gweinidog.

'Y?'

'Sacrament o fedydd. Dyna sy'n gywir. Nid seremoni.'

Anwybyddodd John Wyn y wers a mynd ymlaen, 'Ma' nhw'n mynd i gynnal peth felly, dair wsnos i heno. Ac ma' William yn awyddus i ni, a holl eglwysi'r dre, ymuno hefo nhw wrth y pwll.'

'Pa bwll?' holodd Meri Morris yn wyllt. Fel gwraig ffarm, roedd hi'n meddwl yn nhermau pwll tomen neu bwll hwyaid.

''Dydi'r hen William ddim wedi trafferthu deud.'

'Mi fedra' i atab y cwestiwn yna i chi ar 'i ben,' eglurodd y Gweinidog. 'At y pwll nofio newydd sy' ym Mhlas Coch ma' Mistyr Thomas, Bethabara View, yn cyfeirio.'

'Ac mi fedra' innau gadarnhau hynny,' ychwanegodd Dyddgu, 'achos ma' William Thomas wedi gofyn i'r grŵp s'gynnon ni yn y Capal Sinc ganu yn ystod yr oedfa. Y 'Sinc *Zinc*' fel ma' nhw'n mynnu galw'u hunain.'

'Nid yn hwnnw ma' hogyn y Mulliganiaid 'na yn waldio gitâr?' holodd John Wyn yn feirniadol, 'Ddigon i hollti pen rhywun.'

'Ia'n tad, Patrick Joseph. Ac mae o'n gerddor medrus,' ychwanegodd Dyddgu.

'A lle roedd pobol Plas Coch bora 'ma?' holodd John Wyn ymhellach.

Gwnaeth y Gweinidog siâp pêl golff â'i geg – fel Fred Phillips – ond sylwodd neb ar hynny ond Meri Morris.

''Dach chi'n teimlo'n iawn, Mistyr Thomas?'

'Y . . . ydw. Yn teimlo'n gampus.'

'Wel'is i ddim lliw o'r un o'r ddau yn yr oedfa,' meddai John Wyn, wedyn. Ond un am droi fel cwpan mewn dŵr oedd yr Ysgrifennydd, 'Heblaw, chwarae teg i'r ddau am roi benthyg y pwll i William.'

Wedi clywed y drafodaeth ynghylch lle a natur yr oedfa, penderfynodd Owen Gillespie – y mwyaf defosiynol o'r holl gwmni – fynegi'i farn, 'Serch 'mod i'n credu'n angerddol yn y bedydd trochiad er dydd fy nhröedigaeth, o glywad yr hyn ydw' i newydd 'i glywad, fedra' i ddim addo â bod yn bresennol ar y Sul wrth bwll ymdrochi. Os byddwch chi, Mistyr Thomas, mor garedig â threfnu bod y capel hwn yn agorad ar yr un amsar, yna, mi ddo' i yma i weddïo mewn tawelwch.'

''Dw i'n siŵr bydd hynny'n bosib'.'

'Diolch i chi.'

'Ydi'r llythyr,' holodd Howarth, yn oedi pethau ymhellach, 'yn deud pwy fydd yn ca'l 'i fedyddio? E'lla bod rhai ohonyn nhw'n gwsmeriaid i mi.'

Daliodd yr Ysgrifennydd y llythyr ymhellach oddi wrtho eto, 'M . . . un fydd yn ca'l 'i bedyddio . . . Gwenfron . . . Elis. Merch i chwaer William, 'dw i yn tybio.'

'Bronwen,' meddai Dyddgu yn gynorthwyol.

'Dyna fo. Ro'n i'n gweld bod yna 'fron' yn y gair yn rwla.'

'Hogan eithriadol o annwyl ydi Bronwen,' canmolodd Dyddgu, unwaith yn rhagor, 'ac un o ddifri hefo'i chrefydd. Hen ffasiwn, cofiwch. Ma' hi'n gyfeillgar iawn hefo'r genod 'cw ac yn galw acw'n amal.'

'Nid hi sy' wrth gowntar pysgod siop 'Glywsoch Chi Hon'?' holodd Meri Morris, yn bwrw rhagor o heli i'r môr. 'Mi bryn'is i bedair macrall ganddi echdoe. A 'doedd yr un ohonyn nhw'n hollol ffres.'

73

Dyna'r pryd y deffrôdd Cecil Siswrn, y torrwr gwalltiau, '*I know the one.*' Trodd at ei Weinidog a sisial, 'Sôn am oglau *fish*, Mistyr Thomas, pan fydd hi acw yn ca'l 'i *blow-dry.*'

O wrando ar y troelli parhaus penderfynodd y Gweinidog y byddai'n ddoeth dod â'r drafodaeth i'w therfyn, 'Dowch, gyfeillion, mae o'n fatar digon hawdd i'w setlo. Ydan ni, fel eglwys, am ymuno i fod yn dystion i'r bedydd ym Mhlas Coch ai peidio? Mi wn i fod Fred a Freda Phillips yn disgwyl bendith arbennig o ganlyniad i'r oedfa.'

'Fasa rheitiach lawar i'r pagan hwnnw,' taniodd yr Ysgrifennydd, yn cyfeirio at Fred Phillips ac yn newid ochr unwaith yn rhagor, 'ddŵad acw i drwsio bôn y corn i mi. Mae o'n gollwng ers pum mlynadd.'

Anwybyddodd y Gweinidog y sylw. 'Ma' rhaid cofio ma' eglwys wantan iawn ydi Bethabara a William Thomas ydi'r unig Ddiacon yno. Dowch, pwy sy' am gynnig, naill ffordd ne'r llall?'

Fe gymerodd hi gryn chwarter awr arall o ogor-droi diflas cyn i'r Blaenoriaid fedru dod i benderfyniad. Tri o blaid a dau yn erbyn oedd hi yn y diwedd a William Howarth yn ymatal ei bleidlais, 'Yn 'y ngalwedigaeth i, fel y gwyddoch chi, 'dydi hi ddim yn hawdd i mi addo dim ymlaen llaw.' Yna, y frawddeg lanw, arferol, 'Dyna fo, mi ddaw pethau'n gliriach yn y man.'

Penderfynodd y Gweinidog, gan ei bod hi'n ginio, fwrw pleidlais fantol a phenderfynu bod eglwys Capel y Cei yn ymuno gydag eraill wrth y pwll.

*   *   *

Erbyn pnawn Sul y bedydd roedd pethau, fel y proffwydodd Howarth, yn 'gliriach'. Gan ei bod hi'n bnawn eithriadol o

74

braf penderfynodd Ceinwen ac Eilir gymryd eu 'te Sul' yn yr ardd: Ceinwen yn brigbori drwy y goedwig o dudalennau a ddaeth gyda'r papur Sul a'i gŵr yn gwylio'r pysgod aur yn nofio'n esmwyth ar hyd wyneb y llyn llonydd ac ambell un ohonynt, oherwydd y gwres, yn sugno'r awyr â'i geg.

'Eil.'

'Ia, Ceinwen?'

''Dw i ddim yn meddwl y do' i i'r bedydd ym Mhlas Coch heno 'ma.'

'O! Anaml y byddi di yn colli daliad.' A dyna oedd y gwir.

'Wn i. Ond mi rydw' i'n 'i cha'l hi'n anodd i stumogi'r peth.'

''Does dim rhaid i mi dy atgoffa di, fel cyn-Fedyddwraig, bod yna sôn am y bedydd trochiad yn y *Testament Newydd.*'

'Ond 'does 'na ddim sôn yno, hyd y gwn i, am William Thomas. Ma'r holl *ras-ma-taz* 'ma ynghylch y peth wedi 'ngyrru i yn sowldiwr. Fasa'n ddim gin i fynd draw i Gapal y Cei at Owen Gillespie, i weddïo mewn tawelwch.'

'M.'

'Pan ddost ti adra, ddoe, roeddat tithau'n wenfflam ulw.'

Yn ei awydd i hysbysebu'r oedfa roedd 'Bethabara View' wedi posteru'r dre yn un llanast. Roedd hi'n amlwg nad William Thomas ei hun oedd wedi llythrennu'r posteri seicadelig. Ar gownter siop 'Glywsoch Chi Hon', lle roedd Bronwen wrthi'n brysur yn agor a dadberfeddu pysgod, y gwelodd Ceinwen un o'r posteri. Roedd yna dipyn mwy o syrcas o gwmpas yr un a welodd Eilir yn ffenestr y *Lingerie Womenswear.* Safodd yno'n hir, yn craffu mewn syndod. Roedd Dwynwen Lightfoot, hefo'i diploma mewn gosod ffenestr, wedi rhoi poster William Thomas yn y canol a chreu o'i gwmpas gasgliad o ddillad a gysylltid â dŵr – yn siwtiau a chapiau nofio, tywel glan môr, dillad deifio a'r holl gyfarpar perthnasol i hobi o'r fath. Yn ogystal, roedd yno lun, rhyfeddol o dywyll, o William Thomas yn ei siwt Sul a rhosyn gwyn yn ei llaped. Fel roedd y Gweinidog yn craffu ar y llun pwy ddaeth heibio, yn anffodus, ond Dic Walters, y Person – un o'i gyfeillion gorau ond tynnwr coes hyd at ddatgymalu.

'Fa'ma ti'r hen ddyn, ar bnawn braf?'

'Ia.'

'Finnau'n meddwl basat ti, yn ôl arfar gweinidogion, yn treiglo o dŷ i dŷ yn holi pwy sy' wedi ca'l annwyd ne' newydd disian.'

Arfer y Person oedd treulio rhan dda o'r dydd yn crwydro'r strydoedd yn tynnu *Dachshund* wrth benffrwyn – roedd o'n fridiwr ac yn ddangoswr ar y brîd hwnnw – ac yn dal pen rheswm gyda hwn ac arall. Anaml y byddai Walters yn bugeilio neb yn eu cartrefi. Eto, roedd ei gownt yn uwch ym meddyliau trigolion Porth yr Aur na fawr neb o'r gweinidogion.

Drach ei ysgwydd, gwelodd Dic Walters y poster amryliw yn y ffenest a throdd i edrych arno. 'Ro'n i'n clywad ych bod chi'n bwriadu'u dipio nhw tua Plas Coch nos Sul.'

''Does a wnelo fi ddim affliw o ddim â'r peth.'

'"Yng ngwmni aelodau holl gapeli'r dre", dyna sy' ar y postar 'ma. 'Tithau i mewn yn y cyfri yna yn rwla.'

Penderfynodd Eilir fod rhaid talu'n ôl, ''Tithau'n ddigon parod i fynd yno i wlychu dy big pan gei di gyfla.'

'I ble?'

'Plas Coch.'

'Selar ardderchog ym Mhlas Coch 'ngwas i, ond fyddwn i byth yn mynd yno i fedyddio neb mewn dŵr heb 'i gysegru.' Rhoddodd Dic Walters ei drwyn ar wydr y ffenestr a chraffu ar y poster, 'Pwy ydi'r cenhadwr 'ma o India sy'n edrach fel 'tasa beil arno fo? A blodyn o Gymru yn 'i frest o?'

'Dic, fedri di gadw cyfrinach?'

'Wrth gwrs hynny.'

'A finnau.'

''Sim isio bod fel'na'r hen ddyn.'

'Hwyl iti . . . ac i'r ci sosej!' a mynd yn ei flaen.

Wedi iddo fynd, bellter, clywodd Walters y Person yn gweiddi ar ei ôl – wedi nabod y cenhadwr, 'Hei! "Bethabara View", owt of viw, ydi hwn!'

'Eilir.'

'Ia?'

'Deud wrtha' i pwy fydd yn gweinyddu'r bedydd heno?'

''Dw i ddim wedi meddwl am y peth. Llun William Thomas sy' ar bob postar.'

'Yn 'i oed o? Mi wyddost dyn mor eiddil ydi o, ac mor ansad ar 'i draed.'

'Gwn. Dyna pam 'dw i'n dadlau y dylan ni'i gefnogi o.'

'A sut medar o fedyddio neb? 'Dydi o ddim, hyd y gwn i, wedi'i ordeinio'n weinidog.'

'E'lla 'i fod o wedi ca'l streips, dros dro, gin y Bedyddwyr. Mae o'n ddyn gweithgar iawn, beth bynnag. '

'Gweithgar ato'i hun.'

''Dydi hyn'na ddim yn deg, Ceinwen. Mi fasa Bethabara wedi hen gau oni bai am William a'i deulu.'

'Dyn *do-it-yourself* ydi William Thomas, Eilir. Mi wyddost ti hynny'n iawn. Fedri di feddwl am rywun arall fasa'n rhoi bath i'w nith ei hun?'

'Wel . . . y . . . na. 'Chydig o rai tebyg iddo fo sy'na ma'n siŵr.'

'Troi dŵr i'w felin 'i hun a dim dafn i felin neb arall, dyna i ti William Thomas. Wel'is ti 'i liw o 'rioed yng Nghapal y Cei? Naddo.'

Ni theimlai'r Gweinidog yn gwbl hapus wrth wrando ar ei wraig yn golchi William Thomas, Bethabara View, a hynny lai nag awr cyn y bedydd ym Mhlas Coch, ond fe wyddai, ym mêr ei esgyrn, mai hi oedd yn iawn. Dyn yn rhedeg ar un plwg oedd yr hen William; gweithgarwch a thynged Bethabara (B), yn unig, oedd hyd a lled ei fywyd. Gweithio i'r Cyngor Tref, yn cadw'r dreflan yn ddestlus gyda'i frws a'i drol oedd ei alwedigaeth, a fu neb mwy siriol a chydwybodol wrth ei waith. Ond fe fanteisiai ar bob hoe a sgwrs i ladd ar 'gapeli mawr y dre' a cheisio consgriptio addolwyr newydd i'r 'capel bach'. I fod yn onest, gŵr un dalent – ond bod honno wedi'i gloywi cystal â phosib – oedd o, ac yn siaradwr cyhoeddus hynod o garbwl gyda thuedd i fod yn anghlywadwy a hir ar ei draed, ac aneglur ac anghlywadwy ar ei liniau. A chan fod y gweinidog Bedyddwyr ordeiniedig agosaf filltiroedd lawer i ffwrdd, aildwymiad o William Thomas oedd yr arlwy i ffyddloniaid Bethabara am fisoedd bwygilydd.

Am ei bod hi'n hwyrnos dawel, clywodd y ddau sain clychau eglwys Cawrdaf Sant yn gwahodd y plwyfolion i'r hwyrol weddi.

'Dyna un testun diolch beth bynnag,' ochneidiodd Ceinwen yn dawel.

'Be' ydi hwnnw?'

'Fydd Dic Walters ddim yno, i dy dynnu di drwy'r drain.'

Cododd Eilir o'r gadair haul a gwisgo crysbas ei siwt, "Well i mi 'i throi hi, beth bynnag. Gan 'i bod hi'n noson mor hafaidd gin i flys 'i cherddad hi.'

'Wel, paid â fy meio i os doi di adra wedi dy ddadrithio.'

''Na i ddim.'

'A Bethabara View wedi dal niwmonia.'

'Ar noson braf!'

'Fydd y dŵr yn oer, serch hynny.'

*   *   *

Pan oedd y Gweinidog yn cerdded yn hamddenol i fyny'r allt i gyfeiriad Plas Coch fe'i goddiweddwyd gan fŷs bach Garej Glanwern – y 'tun paraffîn' fel y byddai Jac Black yn ei alw – gyda Cliff Pwmp, y perchennog, wrth y llyw. O weld Oli Paent a Speic Lewis, Llanw'r Môr, yn un o'r seddau blaen ofnodd y byddai ffynnon arall, ar wahân i'r un fedydd, yn cael ei hagor ym Mhlas Coch cyn i'r nos ddod i ben. Yr hyn a'i clwyfodd yn ddyfnach, oedd rhai o blant y Capel Sinc yn gwneud arwyddion digon anfoesol arno drwy ffenestr ôl y bŷs fel roedd hwnnw'n mygu heibio.

Un o'r rhai cyntaf iddo'i weld wedi iddo gyrraedd oedd William Howarth – a ataliodd ei bleidlais yn y Cyfarfod Blaenoriaid – yn bustachu i barcio'r Mercedes du yn union wrth lidiart Plas Coch, mewn man hynod o anhwylus i bawb arall. Sylwodd Eilir ar Fedyddwyr diledryw, gyda mwy o hawl i fod yno, yn gorfod croes-fagio ac ail-dacio i fedru mynd heibio'r car. Llithrodd yr Ymgymerwr allan o'r Mercedes wysg ei ochr. Wedi gwneud yn siŵr fod ei *hush-puppies* duon ar ddaear gadarn cerddodd yn fflat-wadn i gyfeiriad ei Weinidog a'i gyfarch yn ddigon siriol, 'Noswaith braf ryfeddol, Mistyr Thomas.'

'Yn neilltuol felly.'

Ond daeth y difrifwch arferol yn ôl i'w wedd, 'Ond mi fydd raid i ni dalu am hwn eto, 'gewch chi weld.'

'Mi ddaethoch wedi'r cwbl, Mistyr Howarth?'

'Do siŵr. Wedi ca'l cip ar hen filiau mi wel'is 'mod i wedi claddu'r rhan fwya' o deulu William Thomas.'

'Felly.'

79

'Ac ma' yntau, fel y gwyddon ni, yn tynnu 'mlaen.'

'Wel ydi. Fel pawb arall ohonon ni.'

'Ond mi ddaw pethau'n gliriach i ni, un ac oll, yn y man,' a cherdded yn llafurus i gyfeiriad y pwll yn ei ddu trwm, serch yr heulwen haf.

Wedi iddo gyrraedd i olwg y pwll nofio, dyna lle roedd Ffrîd, yn ei bicini deuddarn, yn crwydro'r patio gyda chlamp o hambwrdd yn hwrjio'r *vol-au-vents*, a thameidiach blasus eraill, i hwn ac arall a Fred yn ei dilyn, yn ei drowsus cwta a'i gap basbol, yn cario jygiaid o sudd oren. (*Asti Spumanti*, mae'n debyg, yn dal o dan ei gorcyn yn oerni seler Plas Coch hyd yn ddiweddarach ar y noson.) Gofid arall iddo, o gofio mai oedfa oedd hi i fod, oedd gweld Cecil Siswrn – y mwyaf lliwgar o'i Flaenoriaid – wedi'i wisgo mewn dillad nyrs ac yn hofran o gwmpas y lle gyda'i fag cymorth cyntaf, fel pe'n aderyn drycin yn awchu am i drasiedi ddigwydd. Penderfynodd gilio i ochr arall y pwll nofio.

Pwy a ddaeth i'w lwybr yno ond Shamus Mulligan, o bawb, yn yr het darmacio a bwndel o hen slipiau betio yn gwthio'u pennau allan o boced frest ei ofarôl, 'Neis gweld chdi, Bos.'

'Pwy fasa'n meddwl ych gweld chi yma, Shamus?'

'Patrick Joseph isio i 'Taid Shamus' helpu hefo *sound*.' Daeth brwdfrydedd i wyneb tywyll y Tincer, 'Fel 'ti'n gw'bod, Bos, mae fo'n *paid member* yn capal chdi, yn *Zinc Chapel*.'

Teimlodd Eilir ei bod hi'n ddyletswydd arno i gywiro'r ffeithiau, o leiaf, 'Wel, 'tydi o ddim yn aelod yn y Capal Sinc, a deud y gwir. Hoffwn i ddim i'r Tad Finnigan glywad hynny.'

O glywed enw'r Tad Pabyddol crebachodd wyneb Shamus Mulligan yn un afal sur a dechreuodd luchio cerrig, 'Boi giami, Bos bach. Yfad fath â stag 'i hun a rhoi stîd i hogia' fi pan ma' nhw ar *lush*. 'Peth ddim yn ffêr, Bos.'

'Felly,' di-ddangos-ochr.

'Ond ma' Patrick yn mynd i capal chdi, *now an' then.*'

Ceisiodd Eilir wneud y sefyllfa'n gliriach eto iddo, 'Fan'no ma'r grŵp canu yn ymarfar.'

'O! 'Dw i yfo chdi, Bos.'

'Ac yn ôl be' 'dw i'n ddeall, Patrick Joseph sy'n canu'r gitâr.'

'Hogyn da, Bos. Dim ar y *lush* na dim.'

'Ond faint ydi'i oed o?'

'*Thirteen*, ia. Canu fath â angal, Bos.'

'Felly ro'n i'n clywad.'

'Ma' fo'r un *spit* â Yncl Jo fi, 'sti. 'Ti'n cofio Yncl Jo Mac Laverty, o Ballinaboy?'

'Ydw',' a bu bron iddo ychwanegu, pwy a fyddai yn medru ei anghofio!

Daeth yr un atgof yn ôl i Shamus ond gyda blas gwahanol, ''Ti'n cofio *knees up* hwnnw yn capal mawr chdi, Bos, pan oeddat ti rhoi dŵr ar pen Patrick Joseph? A Yncl Jo fi isio gola' cannw'll, a big nobs capal chdi ofn i Yncl Jo rhoi lle ar tân.'

'Fel 'tasa hi'n ddoe,' atebodd y Gweinidog ond yn methu â gwenu o gofio gwewyr yr awr honno.

'Sgrîm, ia?'

'Ia, debyg.'

Dychwelodd Shamus Mulligan at y stori wreiddiol, ''Ti'n gweld, Bos, ma' Toomey, hogyn bach Brady, hogan fi, yn g'neud y *sound* tu mewn a ma' Shamus yn g'neud *sound* tu allan. Hogan neis, Brady, Bos.'

'Ydi.'

'A ma' dynas sy'n canu *organ* yn *Zinc Chapel*, Cat-cit . . .'

'Cit-cat.'

'Y?'

'Miss Kit Davies, Anglesey View, dyna'i henw hi.'

'Ma' hwnnw'n canu *organ* tu mewn' – 'doedd Mulliganiaid ddim yn gryf iawn cyn belled ag roedd treiglo geiriau a chenedl enwau yn y cwestiwn – 'ac ma' sŵn ma' fo'n gneud i clywad tu allan. 'Ti'n dallt, Bos?'

''Dw i'n meddwl fy mod i.'

Paratodd Shamus Mulligan i ymadael, 'Bydd raid i chdi sgiwsio fi, Bos,' a thynnu meicroffon symudol allan o boced ei drowsus, 'Fydd rhaid i fi fynd i roi hwn am gwddw y dyn i bobol medru clywad o.'

'Am wddw pwy?'

''Ti'n gw'bod, Bos. Y boi sy'n rhoi hogan bach yn dŵr.'

'O! William Thomas, 'dach chi'n feddwl?'

'Dyna'r boi. Penglinia' fo'n giami, Bos.'

Wedi cychwyn ymaith, trodd y Tincer yn ei ôl a holi fymryn yn bryderus, ''Nei di dim deud wrth *Father*, Bos?'

'Deud be'?'

'Bo' chdi 'di gweld Shamus hefo pobol capal?'

'Ddim yn siŵr, os ma' dyna'ch dymuniad chi.'

'*Thanks*, Bos. Fasa *Father* yn cicio tin fi i *kingdom come*.'

Wedi cerdded ymaith chwe cham, trodd Mulligan yn ei ôl, am yr eildro, a siarad yn fwy cyfrinachol y tro hwn, ''Ti ddim isio i fi roi pris i chdi am darmacio'r dreif?'

'Ddim diolch.'

'Hogia fi yn deud bod dreif chdi yn udrach yn giami, Bos.'

''Does 'na fawr o dro ers pan ddaru Fred Phillips darmacio'r lle i gyd.'

'Dyna pam, Bos. Ma' Shamus yn rhoi mwy o menyn ar 'i *toast* na ma' 'Taid Plas Coch' yn rhoi o tarmac. 'Na i roi pris sbesial i chdi. *K1-40 Bitumen Emulsion . . .* '

Clywodd y ddau organ symudol y Capel Sinc yn cyfeilio yn y pellteroedd a bu rhaid i Shamus Mulligan ffoi i gwblhau'i ddyletswyddau, a hynny ar hanner rhoi amcangyfrif am darmacio.

Pan ddaeth yr amser i ganu'r tonau cynulleidfaol,

aneffeithiol ryfeddol oedd y '*sound*', chwedl Shamus. Bu rhaid consgriptio un o blant y Capel Sinc (un o'r rhai a fu'n tynnu ystumiau annymunol ar y Gweinidog o sedd gefn y bỳs) i weithredu fel rhedwr, er mwyn i Kit Davies wybod pryd i ddechrau cyfeilio. O ganlyniad, cyd symud hynod o anwastad a gafwyd: Kit wedi cyfeilio hanner y dôn cyn i'r gynulleidfa ddechrau canu, a'r gynulleidfa yn dal i ganu hanner emyn wedi iddi ddarfod.

Fodd bynnag, fe lwyddodd William Thomas, Bethabara View, i fedyddio Bronwen – merch Lisi Kate, ei chwaer ieuengaf – gydag urddas tawel. Safai at ei ganol yn y dŵr mewn gwisg fedyddio wen – yn ddigon tebyg i Gandhi, gynt, yn sefyll yn nyfroedd y Ganges – a Bronwen yn sefyll uwch ei ben ar y grisiau a arweiniai i lawr i'r pwll. Pan ddaeth y foment dyngedfennol, tynnodd Ewythr William hi wysg ei chefn i'r dŵr dan lefaru'r geiriau penodol. Dechreuodd y band – y Sinc *Zinc* – hymian yn dawel y geiriau: '*Dyma'r ffynnon wedi'i hagor . . .*' ar alaw gyfoes. Serch bod y gitâr fymryn yn uchel gorchfygwyd y Gweinidog gan deimlad. Beth bynnag am yr holl heip a fu, gwyddai fod Bronwen yn gwbl ddidwyll yn ei phroffes a bod tystio'n gyhoeddus fel hyn, a hithau'n ferch mor ifanc, yn costio iddi mewn gwroldeb. Wedi eiliad, daeth i fyny o'r dyfroedd gan ysgwyd ei gwallt du, modrwyog, unwaith neu ddwy, cyn rhoi gwên fuddugoliaethus i gyfeiriad ei mam a rhai o'i ffrindiau. Cyn camu ar y grisiau i ddringo o'r pwll rhoddodd gusan ysgafn i'w Hewyrth William yn werthfawrogiad o'i wasanaeth.

Wedi iddo fedyddio Bronwen, a'r band yn dal i chwarae'n dawel, gofynnodd William Thomas – yn unol â threfn y Bedyddwyr, mae'n debyg – a oedd yna rywun arall yn cael ei gymell i fynd trwy ddyfroedd y bedydd.

'Y fi,' meddai llais o ganol y gynulleidfa.

Er mawr ryfeddod i bawb, camodd Cwini Lewis, 7 Llanw'r Môr, i ymyl y pwll a Speic, ei gŵr, wrth ei hochr. Fferrodd gwaed y Gweinidog. Petai Cwini yn mynychu'r Capel Sinc i ddechrau, y drws nesaf i'w chartref, a lle roedd cysylltiadau eglwysig y teulu ers dwy genhedlaeth neu ragor.

Aeth William Thomas i gryn ddeufor bicil. Byddai'n anodd iddo wrthod y cais ac yntau wedi rhoi gwahoddiad agored, ond roedd Cwini Lewis – er mai un fer oedd hi – yn un stôn ar bymtheg os oedd hi'n owns, gyda phen-ôl fel leiner llong ac ysbryd blagardlyd ryfeddol. Ar y llaw arall, byddai'n aelod ychwanegol i'r ddiadell fechan ym Methabara a oedd yn ymladd am ei heinioes. Oedodd ateb am eiliad i hel ei feddyliau.

Dyna'r foment y camodd Speic, y cyn-resler, ymlaen â'i frest yn gyntaf, 'Bethabara View', mi glywist be' ddeudodd Cwîn? Ydi hi am ga'l mynd i'r dŵr gin ti, 'ta ydi hi ddim?'

Penderfynodd William Thomas – yn unol â'r arfer eto, mae'n debyg – oedi'r bedyddio hyd nes iddo gael sgwrs bellach gyda'r ymgeisydd i'w holi am ei phrofiad a'i chymhelliad. Gofynnodd i'r gynulleidfa ail ganu rhai o'r emynau tra byddai 'Musus Lewis' ac yntau yn mynd i'r tŷ i drafod y ddefod ymhellach.

Wedi cryn chwarter awr o ganu herciog, cerddodd William Thomas yn ôl i gyfeiriad y pwll yn benisel yr olwg, yn debyg i genhadwr yn dychwelyd o'r trydydd byd wedi cenhadaeth seithug. Tu ôl iddo roedd Cwini Lewis, yn rowlio cerdded, mewn ffrog fenthyg wen a honno'n un anghynnes o gwta.

Disgynnodd y bedyddiwr y grisiau i'r pwll hyd at ei frest; safodd Cwini ar ris uchaf y pwll, a'i phen-ôl allan uwchben y dŵr fel craig Gibraltar, a William Thomas yn cysgodi oddi tani.

Penderfynodd Eilir, costied a gostio, ymadael â'r fan a'r lle a throi am adref. Roedd Bronwen yn un gwbl ddidwyll a'r sacrament o fedydd a weinyddwyd arni yn un effeithiol a bendithiol, ond fe wyddai mai wedi'i dal gan deimlad y foment roedd Cwini a'r chwant am sioe gyhoeddus yn cymylu pob rheswm a gweddustra. Clywed ei hŵyr mae'n debyg, cannwyll ei llygaid, yn curo'r drwm mor effeithiol, a agorodd ei chalon.

Pan oedd William Thomas yn dechrau gofyn y cwestiynau gorfodol ac yn ymdrechu i gyrraedd godreon ffrog Cwini yr un pryd gollyngodd honno'i hun i'r dŵr. Plygodd coesau gweinion 'Bethabara View' fel dwy goes dwy droedfedd yn cau'r un pryd a suddodd i'r dyfnder a Cwini ar ei ben. Ffyrnigodd y llyn tawel yn gefnfor stormus a llifodd y dŵr dros ymylon y pwll a gwlychu amryw. Cyn pen eiliad, daeth Cwini i'r wyneb, fel morfiles fawr, a nofio'n hyfryd i ben arall y pwll ac at Speic, ond bu rhaid i Freda Phillips ddeifio i mewn, yn ei bicini deuddarn, i achub William Thomas. Golygfa gomig, serch anweddustra'r hyn a ddigwyddodd, oedd gweld Ffrîd yn sisyrnu'i ffordd at y lan a William Thomas yn sypyn gwlyb rhwng ei choesau.

Dyna awr fawr Cecil. Rhuthrodd yno a'r bag cymorth cyntaf wedi'i agor yn barod a dechrau pwmpio dŵr pwll Plas Coch allan o gyfansoddiad William Thomas gan roi cyfarwyddiadau hynod o beryglus iddo'r un pryd, 'William Thomas, cariad, *breathe in and don't breathe out!'*

Unig ymateb y bedyddiwr, druan, oedd chwythu allan ambell ffrydlif o ddŵr pan oedd Cecil yn gofyn ambell gwestiwn gwirionach na'i gilydd iddo.

Wedi cael cadair o'r tŷ i weithredu fel math o stretsier cariwyd William Thomas ar frys i gyfeiriad y Jacwsi, gydag Eilir ac eraill yng nghoesau'r gadair gario, a Cecil yn rhedeg o'u blaenau yn chwifio hances boced binc a gweiddi, *'Gangway, ladies and gentlemen . . . Gangway!'*

*　　*　　*

'Eilir, ydi mellten yn medru taro'r un lle ddwywaith?'

'Be' wn i?'

'Wel, mae hynny wedi digwydd ym Mhlas Coch, hyd y gwela' i.'

'Be' 'ti'n feddwl?'

''Ti'n cofio'r hen Ifan Jones yn syrthio i'r un dŵr, adag y noson goffi honno?'

'I'r un llyn, 'ti'n feddwl. Ro'n i'n cymryd fod dŵr heno'n un glân o leia'.'

'Yn y Jacwsi y cafodd yntau'i sychu.'

'Ia. A'i sychu yn ei siwt, yn anffodus. Mi fuo'n goblyn o job i ni fedru plygu'i goesau a'i freichiau fo i' roi o yn y car, i ni fedru mynd ag o adra.'

'Mi glyw'is i y ddynas sy'n llnau iddo fo, yn deud yn 'Siop Glywsoch Chi Hon' bod 'i siwt mor stiff fel y buo hi'n sefyll ar 'i choesau, ar lawr y llofft, am bythefnos – fel 'tasa hi mewn ffenast siop. 'Na hi ddim plygu dros 'i chrogi iddi hi fedru'i rhoi i mewn yn y wardrob.'

Bellach, roedd y Sul rhyfeddol hwnnw o Orffennaf, braf, yn tynnu'i draed ato a hithau'n dechrau nosi. Wedi swper, penderfynodd Eilir a Ceinwen ddychwelyd i'r cadeiriau haul yn yr ardd gefn a phot o goffi i'w canlyn. Aeth Ceinwen i ffitiau o chwerthin wrth i'w gŵr ddisgrifio William Thomas, Bethabara View, yn dod 'i'r lan, o'r dyfnder du a'r don', rhwng penliniau Ffrîd – fel cneuen fwnci mewn gefail.

'Rhyfadd dy glywad ti, o bawb, yn chwerthin.'

'Pam?'

'Chdithau'n gyn-Fedyddwraig.'

''Dw i'n dal yn Fedydd'raig, yli.'

'Aros gartra 'nest ti heno o'r bedydd ym Mhlas Coch.'

'Ia.'

'Pam?'

'Am 'mod i'n dal i gredu yn y bedydd trochiad, fel erioed. Nid ar y dŵr na'r ddefod oedd y bai am yr hyn ddigwyddodd.'

'O!'

'Chdi ac arall oedd yn cymryd rhan oedd y drwg.'

'Fi ac arall? 'Doedd gin i ddim rhan o gwbl yn y gwasanaeth, dim ond rhoi help llaw iddyn nhw i gario William Thomas i wres y Jacwsi.'

'O oedd.'

'Pa ran?'

'Rhan bwysig iawn. Y cyfla i fod yn dyst i'r bedydd, ac ma' hynny'n gyfrifoldeb sanctaidd.'

Bu eiliad o fwlch yn y sgwrsio tawel; Eilir yn cnoi cil ar sylw a glywodd. Yna, dechreuodd Ceinwen ffrwtian chwerthin unwaith y rhagor.

'Be' sy'n dy gosi di rŵan?'

''Ti'n meddwl bod beiro William Thomas yn dal yn 'i bocad o pan aeth o i'r eigion?'

'Bosib'.

'Wel, os oedd hi, mi fydd cyhoeddiadau Bethabara'n anweledig o hyn ymlaen.'

'Fydd yna ddim problemau wedyn.'

'Ty'd, awn ni i mewn i'r tŷ, Eil. Ma' hi'n dechrau oeri.'

4. IOGA

'Gwynt i mewn . . . a gwynt allan.'

Roedd yna gryn bump ar hugain o bobl – rhai heb gyrraedd eu deunaw ac eraill am y pared â'u pedwar ugain – pob un ar ei gwrcwd, yma ac acw ar hyd llawr tamp seler Capel y Cei.

'Unwaith eto, gwynt mawr i mewn . . . a gwynt mawr allan,' a gollyngodd William Howarth glamp o wynt, yn glywadwy i amryw.

'William Howarth! *How could you?*' sibrydodd Cecil, y torrwr gwalltiau merched, a eisteddai yn union tu cefn iddo, yn chwilio'n brysur am ei hances boced. Trodd at y Gweinidog, 'Mistyr Thomas, siwgr, 'sgynnoch chi ryw syniad be' gafodd 'ngwas i i swpar?'

Clapiodd y ferch ifanc ei dwylo'n egnïol a galw am dawelwch, 'Ffrind-iau, ac yn arbennig y chi yn y cefn. Mae'r ddisgyblaeth yma yn gofyn, nid yn unig am gyrff ystwyth ond am dawelwch oddi mewn yn ogystal.'

'Cweit ac yn hollol,' mwmiodd John Wyn, yn tybio mai cyfeirio at y ddamwain a gafodd yr

Ymgymerwr roedd hi yn hytrach na heddwch yn y galon.

''Dw i'n siŵr y ca' i ofyn i'r Gweinidog roi esiampl i ni, yn hyn o beth.' Ffroenodd y ferch ifanc yr awyr am foment, a holi'n fyglyd, 'Ydi hi'n bosibl agor un o'r ffenestri?' Ysgydwodd amryw eu pennau. 'Os hynny, y cwbl fedra' i 'neud ydi gofyn i bob un ohonoch chi gofio bod yna eraill o'ch cwmpas chi, a cheisio bod yn fwy gofalus wrth . . . wel . . . ollwng gwynt.'

Gyda chil ei lygad, sylwodd y Gweinidog ar Howarth yn eistedd yn anghyffyrddus yn ei gwman fel ci wedi rhwymo, yn teimlo i'r byw o glywed ei amgylchiadau yn cael eu trafod fel hyn, yn gyhoeddus.

Yn rhyfeddol o annisgwyl aeth John Wyn, o bawb, ati i'w amddiffyn, 'Os ca' i ddeud gair o blaid Howarth 'ma?'

'Ia, John?' Roedd hi wedi pwysleisio ar ddechrau'r noson y dylid galw pawb wrth ei enw bedydd er mwyn 'troi pob dosbarth o bobl yn un gymdeithas', chwedl hithau, a 'chreu'r sirioldeb angenrheidiol'.

'Wel, wedi i chi ddeud wrtho fo am gym'yd 'i wynt i mewn ddaru chi ddim nodi drwy ba ben y dyla' fo 'i ollwng o allan.'

'Ma'n ddrwg gin i,' ebe'r ferch yn ostyngedig.

Lliniarodd John Wyn a chynghori, ''Tasa Howarth 'ma yn digwydd gollwng mwy o wynt, drwy'r un pen, mi fedrwch chi agor y trap-dôr sy'n union wrth ych pen chi.'

'Diolch i chi am y wybodaeth yna. Efallai y bydd hynny'n angenrheidiol cyn diwedd y sesiwn. Pan ddown ni at yr *Asanas* mae yna gryn dipyn o ymestyn a phlygu.'

Lle trymllyd oedd seler Capel y Cei ar y gorau, ei thri chwarter yn is na lefel y ddaear a oedd o'i chwmpas, y capel uwch ei phen a'r ffenestri wedi'u hoelio ynghau rhag ofn fandaliaeth. Serch pob gwres a ddeuai allan o'r boeler – pan oedd hwnnw mewn hwyliau – roedd y lloriau llechi'n dragwyddol damp ac arogl stêl, fel llefrith wedi suro, i'w glywed yno haf a gaeaf.

'Dyna ni wedi cwblhau'r dasg gynta', y *Pranayma* fel y'i gelwir. A fedra' i ddim pwysleisio mor hanfodol ydi anadlu o eigion eich bod.'

Roedd gan y ferch ifanc a ddaeth yno i'w hyfforddi lais dwfn, llawn eco, fel petai hi'n llefaru i mewn i botel, ond roedd ei Chymraeg yn lân a phendant – yn rhy goeth, mae'n debyg, i fwngrel fel Cecil ac yn rhy newydd, hwyrach, i hen ŵr fel Ifan Jones.

'Mi fedrwch ymlacio, am eiliad, tra bydda' i'n tanlinellu gwerth anadlu'n gywir. Mae gan yr Hindwiaid hen chwedl am rai'n mynd at y Brahma ac yn gofyn iddo: "Pwy ydi'r dyn cyfoethocaf yn y byd?" A'r Brahma'n ateb: "Yr hwn sy'n anadlu'n gywir." Mi rydw i am i bawb ohonoch chi gofio hynny. Anadlwch drwy eich botwm bol, os medrwch chi.'

A 'doedd gan y Gweinidog, mwy na neb arall yno, ddim syniad sut i anadlu 'drwy'i fotwm bol'.

Gwisg redeg fflamgoch a oedd ganddi amdani a'i gwallt melyn – un o botel, o bosibl – yn gocyn diogel, tynn ar ei gwegil. Ifanc iawn oedd hi, mae'n amlwg. Eto, roedd ei sbectol – un â ffrâm ddu, drom iddi – yn rhoi iddi'r dylanwad angenrheidiol.

'Gan i ni gwblhau'r dasg gynta'n llwyddiannus, dowch i ni symud ymlaen at yr ail un, yr *Asanas*. Gyda llaw, os oes rhai ohonoch chi'n gwisgo sanau, fe hoffwn i chi'u tynnu nhw ar hyn o bryd. A gwneud hynny heb golli'r tawelwch mewnol sydd, bellach, yn ein meddiant ni. Pob un i dynnu'i sanau!'

Gan fod y Gweinidog eisoes yn droednoeth cafodd hamdden i edrych o'i gwmpas. Sylwodd ar Meri Morris, Llawr Dyrnu, y wraig ffarm ystwyth, yn torchi'i sgert hyd at ei cheseiliau, bron, i ddod o hyd i dopia y teits a wisgai. Ond pan dynnodd Ifan Jones bâr o sanau gwlân, trwchus aeth yr awyrgylch yn fwy mwll fyth.

'Pw! Ifan Jones, cariad', holodd Cecil wedi cymysgu dau air, 'Oes raid i chi dynnu'ch *asanas*?'

'Y ledi ddeudodd wrthan ni am 'neud,' meddai'r hen ŵr yn ddiniwed.

'Pa mor amal y byddwch chi'n rhoi *asanas* glân, *if I may ask*?'

'Bob pythefnos. Os na fydd hi'n digwydd bod yn lleuad llawn. Ma' hi'n beryg' ca'l ann . . .'

Aeth y ferch ifanc yn wirioneddol flin a cholli'n llwyr y tawelwch mewnol roedd hi'n ei gymell ar bawb arall. 'Chi yn y dracsiwt binc yna. Cyril, ia?'

'Cecil, *my dear*.'

'Ma'n ddrwg gin i. Cecil 'ta. Chi a'r gŵr mewn dipyn o oed sy' wrth ych ochr chi, hefo gwasgod wlân. Os na wyliwn ni, mi fydd yr awyrgylch hyfryd sydd o'n cwmpas ni yn diflannu.'

'Wel 'tasach chi yn fa'ma, *lovely*, rhwng Mistyr Howarth a *Farmer* Jones, *you'd think otherwise*.'

Penderfynodd y ferch anwybyddu sylw miniog Cecil Siswrn a mynd ymlaen â'r gwaith. 'Fel yr awgrymais i, wedi i ni gwblhau'r *Pranayama* y dasg nesa' ydi dysgu'r *Asanas* angenrheidiol. Er mwyn cael pawb mewn hwyl, mi ddechreuwn i heno gyda'r *Paschimatanasana*, neu yr hyn mae'r Sais yn ei alw'n *Posterior Stretch*.'

Daeth hyn â braw i wyneb amryw. Yr unig un cwbl dangnefeddus yr olwg oedd Owen Gillespie a led-orweddai hyd mochyn oddi wrth y gweddill yn darllen ei *Destament Newydd* ac yn amlwg yn cael blas arno. Daeth yno o deyrngarwch i'r eglwys leol, a rhag brifo'i Weinidog, ond ar yr amod ei fod yn cael cerdded ei lwybr ei hun at y gwir dangnefedd.

Aeth y ferch ymlaen, unwaith yn rhagor, 'Dyma, o bosib',

yr hawdda' o'r tasgau sy'n ein hwynebu ni. Rŵan, gorweddwch yn ôl ar eich cefnau, hefo'ch breichiau wrth eich ochr a'ch coesau yn dynn wrth ei gilydd, gan ofalu bod bysedd y traed yn pwyntio at ymlaen a hynny cyn belled â phosib'.

Pwysodd fotwm chwaraewr casetiau a llifodd cerddoriaeth dangnefeddus o'i berfeddion. Daeth y siwgr yn ôl i'w llais hithau a dechreuodd lefaru'n dawel a phendant i gyfeiliant y gerddoriaeth, 'Yn ara' bach, gan ymateb i rythmau'r gerddoriaeth codwch eich pen i fyny . . . yna, y frest . . . a gweddill y corff . . . gan ofalu peidio â phlygu'r pennau-gliniau . . .'

Dyrchafodd y Gweinidog ei lygaid i weld Howarth yn ymdrechu i blygu dros y mynydd bol a oedd ganddo ac ofnodd y deuai ffrwydriad arall cyn bo hir. Penderfynodd wthio'i hun yn ôl, fesul modfedd, heb dynnu sylw at y peth.

'Plygwch ymlaen . . . ac ymlaen eto . . . ac eto . . . pawb i stretsio . . . a stretsio . . . a stretsio.' Cyflymodd y gerddoriaeth fel petai hi'n cyfateb i'r tuchan a glywid yma ac acw. 'Ymlaen eto . . . nes bod eich pen, erbyn hyn, rhwng eich pennau-gliniau.'

'S'gin i ond gobeithio, Mistyr Thomas, cariad,' sisialodd Cecil, yn fyngus, â'i ben rhwng ei goesau, 'bod ych *jock-strap* chi yn y *right position*.'

'Sh! . . . Tawel, Cyril! . . . Rŵan, dowch â'ch breichiau ymlaen . . . ac ymlaen eto, a chyda'r dwylo cydiwch yn dyner, dyner ym mysedd eich traed.'

Clywodd y Gweinidog glec a thybiodd, am foment, mai bresus Howarth a oedd wedi snapio.

Sionciodd y gerddoriaeth, i gyfleu bod yr ymdrechu, bellach, ar ben a bod yno heddwch yn llifo fel yr afon.

'Dyna ni. Gollyngwch afael yn eich traed . . . codwch eich pen . . . sythwch y cefn, yn ara' bach . . . ac yna eisteddwch yn ôl, yn llawn tangnefedd, a'ch breichiau wrth eich ochr.'

Sylwodd Eilir ar y cefnau stiffion yn ymsythu fesul un ac un – hyd yn oed un Ifan Jones, er nad oedd ei ben o wedi bod yn agos i gyffiniau'i draed.

'Da iawn. . . . Da iawn wir. Dyna ni wedi cwblhau yn llwyddiannus y *Paschimatanasana*, neu'r *Posterior Stretch.*'

Sythodd pob cefn, ond un William Howarth. Roedd Howarth yn dal yn ei gwman a'i gliniau dros ei glustiau fel twrci wedi'i or-stwffio. Sylwodd y ferch ifanc ar y peth a thybio fod yr Ymgymerwr wedi syrthio i gysgu. Tagodd y gerddoriaeth a galw, 'William, 'nghariad i, deffrwch. Ma'r ymdrech drosodd.' Ond ni syflodd y corff. 'William, 'nghariad i, wêci-wêci!'

Cecil, yr agosa' ato, a roddodd y newydd syfrdanol i weddill y cwmni, '*Ladies and gentlemen*, ma' gin ofn bod 'y ngwas i wedi mynd at 'i wobr . . . faint bynnag oedd hi.'

Daeth ias oer dros y Gweinidog a chofiodd rybudd olaf Ceinwen iddo'r noson honno, fel roedd o'n camu dros y rhiniog: 'Gwylia di, Eilir Thomas, rhag ofn i chwarae droi'n chwerw.' Bellach, roedd ei phroffwydoliaeth wedi dod i ben a William Howarth, o bawb – Wil Dim Llosgi fel y'i gelwid yn ei gefn – yn gorff oer yn seler damp Capel y Cei. Byddai'i ymadawiad yn golled fawr i Gapel y Cei, i Borth yr Aur yn gyffredinol ac, yn naturiol, yn golled anfesuradwy i'w briod, Anemone.

Torrwyd ar ei fyfyrdodau gan Cecil Siswrn, â chloch ar bob dant iddo, yn ceisio cysuro'r ferch ifanc a oedd bellach yn ei dagrau: 'Gwrandwch, *sweetie pie*, ro'n i'n amau ers meitin bod 'ngwas i wedi b'yta rwbath na ddyla' fo ddim. Pw!'

*   *   *

Fis ynghynt, mewn Cyfarfod Blaenoriaid o bobman, y gwawriodd y syniad rhyfygus o gynnal sesiynau ioga yn seler

Capel y Cei ar nosweithiau Gwener. Y noson honno, wedi i John Wyn, yr Ysgrifennydd, rychu'i ffordd drwy sawl tudalen o gofnodion diflas, ac i'r cofnodion hynny gael eu cadarnhau, tynnodd y Gweinidog y llythyr ymddiswyddiad o'i boced ac egluro'i gynnwys i'r gweddill.

'Ma' gin i lythyr yn y fan yma oddi wrth Mistyr Huw Ambrose, y deintydd, yn d'eud ei fod o'n dymuno ymddiswyddo fel Blaenor yng Nghapal y Cei ac yn nodi'i resymau dros hynny.'

Daliodd sawl un yn ciledrych ar ei gymydog; roedd o'n llythyr y bu hir-ddisgwyl amdano a phawb yn awyddus i wybod beth yn union a fyddai'i gynnwys pan gyrhaeddai.

'Mi rydw' i am osgoi darllen y cynnwys yn gyhoeddus, dim ond d'eud ei fod o'n llythyr hynod o finiog. Mi fydda' gollwng y llythyr hwn i ddwylo'r cyhoedd yn gosod Mistyr Ambrose, o bosibl, yn agored i gyhuddiad o enllib, yn arbennig felly yn erbyn yr Ysgrifennydd. Y cwbl fedra' i ychwanegu ydi d'eud 'i fod o'n diweddu'i lythyr â'r geiriau "dant am ddant", sy'n ddyfyniad o bennod waedlyd yn *Llyfr Ecsodus*.'

Gwraidd yr helynt oedd plât o ddannedd gosod a gafodd John Wyn, ei frawd yng nghyfraith, ganddo; trwy flerwch, ffitiwyd ceg John Wyn â dannedd a oedd wedi'u bwriadu i rywun arall – i un â cheg llawer mwy ganddo, o ran maint – a bu'r Ysgrifennydd yn cerdded strydoedd Porth yr Aur am gryn bythefnos â gwên barhaol ar ei wyneb fel mwnci newydd gael banana.

'O dan yr amgylchiadau, ac o wybod y cefndir, y cwbl fedrwn ni 'neud ydi derbyn yr ymddiswyddiad, gyda gofid, a gadael y llythyr ar y bwrdd heb ei ddarllen.'

'Mi rydw' i am eilio awgrym y Gweinidog,' ebe John Wyn yn frysiog.

Os mai'r plât dannedd gosod ddaeth â'r peth i fwcl roedd y cweryl rhwng 'teulu'r Gwichiaid' a 'theulu *Fish-fish*' yn hen un: ffrae oedd hi rhwng teidiau'r ddau ohonynt ynghylch safleoedd stondinau gwerthu pysgod ar y cei yn nyddiau cynnar yr ail ryfel byd; teulu John Wyn yn gwerthu pysgod cregyn, gwichiaid yn bennaf, a theulu Ambrose yn gwerthu pysgod yn gyffredinol – y naill daid yn gweiddi 'Gwich-gwich' a'r llall '*Fish-fish*'. Wedi trigain mlynedd a mwy, roedd y pysgod yn dal i ddrewi. Ond yr wythfed rhyfeddodd oedd i John Wyn, yn ganol oed diweddar ac yn ddirybudd i bawb, briodi Elisabeth Ambrose, chwaer y deintydd, a'i bod hithau bellach yn un o 'deulu'r Gwichiaid' ac, o'r herwydd, mewn cweryl â'i brawd.

'Ond mae'r Ysgrythur,' rhybuddiodd Owen Gillespie, gyda'i dduwioldeb arferol, 'yn ein cymell ni i fod yn heddychlon â phob dyn, hyd y mae ynom.'

'Ia, hyd y mae ynom,' atebodd yr Ysgrifennydd a throi i wynebu Gillespie. 'Sut basach chi, frawd, yn hoffi llond ceg o ddannadd gosod wedi'u bwriadu i rywun arall? Ac mi rydw' i'n amau'n fawr, o 'nabod Huw *Fish-fish*, ma' rhai ar ôl rhywun wedi marw'n sydyn oeddan nhw yn y lle cynta'!'

Aeth yn fymryn o gyfog-gwag ar Meri Morris, Llawr Dyrnu, wrth ddychmygu'r fath bosibilrwydd. Tyrchodd i'w bag llaw, boliog a thynnu hances allan iddi gael pesychu iddi.

Trodd John Wyn i wynebu'r Gweinidog ac apelio â'i lygaid am ei gydymdeimlad, 'Fel y gŵyr Mistyr Thomas yn dda, mi fûm i'n gwenu am bythefnos. 'Doedd 'na bobol yn fy llongyfarch i, yn agorad, meddwl 'mod i wedi ca'l tröedigaeth. A Lisabeth, y wraig 'cw, yn gorfod rhoi bwyd wedi'i finsio i mi, drwy welltyn.'

'Ma' gin i go' am y wên honno,' mentrodd y Gweinidog, yn brofoclyd, 'ac un hyfryd oedd hi.'

'Hyfryd i bawb ond i fi,' arthiodd yr Ysgrifennydd. ''Dydi gwenu ddim yn fy natur i, fel y gwyddoch chi i gyd.'

'Llawn gwell gin i chi fel rydach chi, John Wyn,' meddai gwraig Llawr Dyrnu yn gysurlon, 'yn 'sgyrnygu ar bawb. Dda gin i neb hefo gwên dêg.'

'Diolch i chi, Meri Morris.'

'Dyna ni 'ta, mi dynnwn ni'r cyfarfod i'w derfyn,' awgrymodd y Gweinidog yn obeithiol. 'Mi hysbysa' i Mistyr Ambrose o'n penderfyniad ni.'

Daeth y mymryn lleiaf o sirioldeb i wyneb yr Ysgrifennydd. Dangosodd blatiad o ddannedd, pygddu'r olwg a hynod o anwastad, 'Yn ffodus i mi, mi wel'is i hysbysebu'r dannadd yma yn yr *Exchange and Mart*, am hannar pris. Ma' nhw'n ffitio'n weddol, dim ond i mi roi digon o bowdr glynu arnyn nhw hwyr a bora.'

Ond y gwir amdani oedd fod Huw Ambrose wedi llaesu dwylo fel Blaenor ymhell cyn i John Wyn gael ei ddannedd ac wedi trosglwyddo'i eiddgarwch at y capel i'r gyfrinfa leol o'r Seiri Rhyddion ac roedd hynny, yn anffodus, wedi creu drwgdeimlad tuag ato tua'r sêt fawr. O'r herwydd, gwyddai Eilir na fyddai crefu arno i ailystyried ei benderfyniad i ymddiswyddo yn ddim mwy na chanu crwth i fyddar.

Dyna'r foment y daeth Dyddgu, yr ieuengaf o'r Blaenoriaid, i'r adwy a dweud gair yn ei bryd, fel arfer. 'I ddechrau, fe hoffwn i ategu'r hyn ddeudodd fy mrawd, Owen Gillespie. Cyfraith yr Hen Destament oedd llygad am lygad a dant am ddant.' Cododd y *Beibl* agored a oedd ganddi ar ei glin a'i ddal i fyny i'r golau, 'Ma'r *Testament Newydd* yn ein cymell ni i garu'n gelynion ac i weddïo dros y rhai sy'n ein herlid.'

Bu eiliad o dawelwch llethol. Amryw o'r Blaenoriaid yn astudio cyflwr eu sgidiau a John Wyn â'i ben, mwy neu lai, o'r golwg yn y Llyfr Cofnodion.

'Yr adnod sy' wedi bod ar fy meddwl i'n ddiweddar ydi hon: "Oni wyddoch o ba ysbryd yr ydych". A chyn i'r Gweinidog ddeud dim, mi wn i nag ydi'r union gymal yna ddim yn y *Beibl Cymraeg Newydd* ond ma'i negas hi drwy'r Bregath ar y Mynydd o'i dechrau i'w diwadd.'

'Amen', eiliodd Gillespie yn teimlo bod y ddau ohonyn nhw, ar y funud, yn canu o'r un llyfr emynau.

'Os oes yna ysbryd anghymodlon yn ein plith ni fel Blaenoriaid, yna pa obaith sy' 'na am heddwch yn yr eglwys?'

Un agos iawn i'w lle oedd Dyddgu. Fe allai hi ladd ei gwrthwynebwyr â phluen, os oedd angen hynny, a gwneud hynny heb eu clwyfo'n ormodol. Os oedd ganddi wendid, yna, cael ei chario ymaith ar don brwdfrydedd oedd y brycheuyn hwnnw.

'Os ca' i rannu gair o brofiad hefo chi.' Cododd y pennau isel fesul un ac un ac ymroi i wrando arni. 'Yn ddiweddar, ma' Glyn y gŵr, a finnau, wedi cae'l bendithion rif y gwlith yng nghwmni merch ifanc o'r enw Ebrillwen sy'n gweithio i Adran Hamdden a Threftadaeth y Cyngor Sir. Ioga ydi arbenigaeth Ebrillwen. Ma' hi'n *guru* . . .'

'Un 'wrw' ddeutsoch chi ydi hi?' holodd Ifan Jones, wedi cam glywed ac mewn tipyn o fraw. (Wedi bod yn ffermio gydol ei oes roedd 'gwryw' a 'benyw' yn eiriau agos iawn at ei galon ac yn ei flynyddoedd cyntaf ym Mhorth yr Aur byddai'n cyfeirio'n gyson at Meri Morris fel 'y flaenoras fanw s'gynnon ni acw'.)

'Na na. *Guru*, Ifan Jones, ydi iogi, math o arweinydd ysbrydol.'

'O! deudwch chi,' ond heb ddeall yn llawn. 'Fy hun, ma'n well gin i ddynas fanw bob amser. Dda gin i ddim merchaid gyrfod,' fel petai o'n sôn am heffrod.

''Dydi *Farmer* Jones yn *crude*,' sisialodd Cecil. Cododd ei lais, i Ifan gael clywed, 'Gwrandwch, cariad, dynas ydi dynas. *Don't be a silly-billy*, Ifan Jones.'

Bu raid i Dyddgu rwyfo'n galed am foment i gael y cwch yn ôl i dir. Eglurodd mai hanfod ioga, disgyblaeth oddi mewn i Hindŵaeth, oedd disgyblu'r corff a'r meddwl er mwyn dod â dynion a merched i undeb â'i gilydd ac i berthynas â Duw. Pwysleisiodd mor werthfawr a fyddai hynny i gylch y Blaenoriaid ac i Gapel y Cei yn gyffredinol.

'Ga' i awgrymu, felly, ein bod ni'n gofyn i Ebrillwen ddaw hi yma i gynnal dosbarthiadau i ni. A'n bod ninnau, fel Blaenoriaid, yn cefnogi'r arbrawf fel un gŵr ac yn cymell eraill i ymuno â ni yn ein crwsâd.'

'Ydi o'n golygu llawar o gyrra'dd a 'mystyn?' holodd Howarth yn meddwl am ei fol. 'Ar hyn o bryd, mi rydw' i'n ca'l digon o draffarth i gau 'sgidiau. Yn enwedig os bydda' i newydd f'yta.'

'Mae o'n gofyn ein bod ni'n gorwadd ar lawr ac yn ysgwyd dipyn ar ein breichiau a'n coesau, ydi. Ond fe all Ebrillwen, Mistyr Howarth, raddoli'r cwrs yn ôl y gofyn. 'Do's ganddi ddosbarth i bensiynwyr yn y Cwt Chwain – yn yr hen sinema felly – bob pnawn Llun.'

'Ga' i ofyn un cwestiwn cyn i ni bleidleisio?' holodd Meri Morris, y wraig ffarm ymarferol.

'Wrth gwrs, Meri Morris,' atebodd Dyddgu, 'gofynnwch be' fynnwch chi.'

'Fydd yna ddigon o le yn y festri i ni ysgwyd ac ymdreiglo? 'Dydi'r dyn Tŷ Capal 'na wedi hoelio'r meinciau i'r llawr rhag i athrawon yr ysgol Sul fedru'u symud nhw.'

'Selar y capal oedd gin i mewn meddwl,' eglurodd Dyddgu.

'Y selar!', sibrydodd amryw, mewn syndod. 'Selar y Capal?'

'O ia. Ma'r awyrgylch gewch chi yn fan'no yn llawer gwell. Fydd hi ddim yn rhy olau yno, ac mi fydd hi'n anodd iawn i neb sy' tu allan weld be' fydd yn digwydd y tu mewn. Ac mae yno eco hyfryd ar gyfar y miwsig.'

''Dydach chi 'rioed yn disgw'l i ni orwadd ar'n cefnau ar y llechi oerion 'na fel haig o bysgod?' holodd John Wyn yn biwis.

Ond roedd y bont honno, hefyd, yn un roedd Dyddgu wedi'i chroesi ymlaen llaw, 'Dw i'n siŵr y bydda' Eilir' – ac roedd Dyddgu ac yntau ar delerau enwau bedydd â'i gilydd bob amser – 'yn fodlon gofyn i Mistyr Black danio'r boelar, i ni ga'l mymryn o wres. Wrth y byddwn ni'n gorfod tynnu amdanon.'

Cododd clustiau Cecil yn syth, 'Sgiws y gofyn, ond *how brief*?'

'Wel, crys ne' flows, a throwsus deudwch. Os nad o's gynnoch chi drac-sŵt 'te.'

'*Fancy*,' mwmiodd Cecil, fel petai o fymryn yn siomedig.

Wedi cytuno ar y manylion, a threfnu i gyhoeddi'r sesiynau yn ystod oedfaon y Sul, roedd pawb yn barod i bleidleisio. Gillespie oedd yr unig un i ymatal ei bleidlais. Wedi dyddiau'i drŏedigaeth pan oedd o'n saer llongau yn Bootle, o dan weinidogaeth Byddin yr Iachawdwriaeth, paganiaeth iddo oedd popeth ond pregeth a chyfarfod gweddi cenhadol.

Ond wedi iddo gyhoeddi'r fendith, y peth cyntaf a glywodd Eilir oedd Cecil Siswrn yn troi at yr hen Ifan Jones ac yn ei siarsio, '*Farmer* Jones, siwgr, cofiwch wisgo'ch *thermals* c'ofn i chi ga'l cric'mala. *You know where?*'

*   *   *

Bore trannoeth y torrodd yr argae, tua deg. Gan ei bod hi'n fore Sadwrn, a dim gwaith cyflog i'w gyflawni, roedd gan y ddau ohonynt fwy o hamdden dros frecwast.

''Doedd 'na ddim tân gwyllt yn y Cyfarfod Blaenoriaid

neithiwr, felly?' awgrymodd Ceinwen gan dywallt te chwilboeth i ddau fwg a oedd ar gongl y bwrdd.

'Dim o gwbl. Mi dderbyniwyd ymddiswyddiad Huw Ambrose heb i neb archwilio ceg John Wyn ymhellach, na mynd ati i godi dyrnau ar 'i gilydd.'

'Wel, mi fydd y Pensaer Mawr uwchben 'i ddigon,' a chyfeirio'n gynnil at gysylltiad Ambrose â'r lodj.

'Bydd, debyg.'

Lluchiodd Ceinwen siwrwd gwenith i bowlen ei gŵr, ei frecwast arferol, a hau dogn sylweddol o greision reis i'w phowlen ei hun. 'O's gynnoch chi, fel Blaenoriaid, ryw fwriad i dorri tir newydd tua'r capal? Ma' 'na wir angan am hynny.'

Gwelodd Eilir gyfle i roi'r newydd iddi heb iddo gael ei lynsio, 'Na, dim tir newydd fel y cyfryw. Dim ond ein bod ni, fel Blaenoriaid, wedi penderfynu cynnal ioga yn selar y capal . . .'

'Ioga!' Yn ei braw chwythodd Ceinwen lond ceg o greision reis, llawn llefrith, i'w gyfeiriad.

'Ceinwen!'

'Ma'n ddrwg gin i. 'Nes i dy glywad ti'n iawn? Ioga, ddeudist ti?'

'Ia.'

'Ioga!'

'Mi wyddost ti be' 'di ioga, Ceinwen?'

'Gwn. Pobol allanblyg yn ista ar 'u tinau ar ddarn o fat, yn meddwl am y tragwyddol ac yn byw ar wynt.'

'Ma' hynny, mae'n debyg, yn rhan o'r ddisgyblaeth.'

Bu'r ddau'n bwyta mewn tawelwch am rai eiliadau, dim i'w glywed ond sŵn dau sorllyd yn crinsian grawnfwyd ac yn sipian te.

Cyn hir aeth y tawelwch yn drech na Cheinwen, 'Be' o'dd ar ben y cadi-ffan Cecil Siswrn 'na yn awgrymu'r fath beth?'

'Dyna be' ydi crogi dyn ar gam.'

'Be' 'ti'n feddwl?'

'Prin y 'gorodd Cecil, druan, 'i big . . . er cymaint deryn ydi o.'

'Chdi gynigodd y peth 'ta?'

'Fi?'

'Pwy felly 'ta, os ca' i ofyn.?'

'Dyddgu .'

'Dyddgu!' a bu bron i Eilir gael trochfa arall o'r reis gwlybion. 'Dyddgu ni? Dyddgu gwraig Glyn?'

'Ia.'

'Ac ma' hyn yn mynd i ddigwydd yn selar y capal?'

'Dyna lle mae'r awyrgylch gorau ar gyfar ioga, medda' hi. Ma'r lle'n llawn eco, ac ma' . . .'

'Eilir, wyt ti wedi sylwi'n fanwl ar lawr selar Capal y Cei?'

'M . . . do. Naddo. Dim yn fanwl iawn.'

'Os buo cae chwarae i falwod 'rioed, fan'no ydi o. Ma'r llawr yn un *spaghetti-junction* o lwybrau seimllyd wrth i falwod symud o gwarfod gweddi i steddfod, ac o gonsart i noson goffi. Os 'di hen ŵr fel Ifan Jones yn mynd i ista yn 'i drôns ar lechi g'lybion fel'na, mi geith beils fel grawnsypiau Canaan.'

'Peth gwirfoddol fydd o. 'Does dim rhaid i Ifan ddŵad yno.'

'Ond mi wyddost am yr hen Ifan cystal â finnau. 'Tasa'i Weinidog o'n penderfynu prynu rhaff i' grogi'i hun, mi fasa' Ifan yn gofyn am ga'l benthyg darn ohoni, iddo fo ga'l g'neud yr un peth. O ran hynny, e'lla dy fod ti wedi rhoi rhaff am dy wddw dy hun fel ag y mae hi.'

'Be' 'ti'n feddwl?'

'Meddwl dy fod ti'n chwarae hefo tân.'

'Pawb â'i farn,' a chododd y Gweinidog oddi wrth y bwrdd. Fe wyddai Eilir, o hir brofiad, mai gwaith ofer fyddai ceisio dal ei dir pan fydda'i wraig wedi ymarfogi i frwydr.

'Ac mi wyddost gystal â neb mor oer ydi'r lle.'

'Mi 'dw' i am fynd draw i weld Jac Black, i ofyn iddo fo roi tân ar y boelar ar ein cyfar ni. Wrth byddwn ni'n tynnu amdanan.'

Cipiodd ei anorac o gefn y drws ac ymadael.

'Eilir Thomas! 'Nes ti dd'eud ych bod chi'n bwriadu tynnu amdanoch yn y selar, yn ddynion a merchaid . . . ?'

Ond roedd ei gŵr, erbyn hynny, wrth y giât ffrynt ac yn cychwyn i lawr am y dre. Wedi chwarter canrif o briodas hapus gwyddai mai 'mwyna' byth y man ni bôm' oedd hi – unwaith yn y pedwar amser.

*   *   *

Wedi cyflawni mân ddyletswyddau a dal pen rheswm gyda hwn ac arall, roedd hi'n bnawn cynnar ar y Gweinidog yn cyrraedd dôr gefn 2 Llanw'r Môr, cartref Jac Black. Roedd hi'n amlwg i'r Harbwr i gyd fod Jac yn ei dŷ ac mewn hwyliau. Drwy sgeulat hanner agored y gegin gefn llifai sylwebaeth Saesneg ar ryw ras geffylau neu'i gilydd.

'. . . *It's back to Newmarket for the one thirty and over to you Tony.*'

'*Thanks, Bryan. Here, at Newmarket, the horses are ready for starter's orders. From the inside we have Stormy Voyage, Lobster Pot, Feast of Romance, Lonely Sailor, Hot Furnace, Ginger Tomcat, Kentucky Cuckoo and Jumping Jack. But over to Graham, once again, for the betting.*'

Wedi agor y ddôr a chroesi'r hances boced o iard goncrit, curodd y Gweinidog ar y drws.

'. . . *And they are off. It's Lonely Sailor in the lead, followed by Stormy Voyage and Kentucky Cuckoo. Ginger Tomcat in hot pursuit on this very wet and slippery surface . . .*'

Gan nad oedd neb yn ateb, agorodd y Gweinidog y drws a rhoi'i ben rownd y cilbost, 'Jac! Oes 'na rywun i mewn?'

Tagwyd y Sylwebydd ar hanner gair a'r ceffylau ar hanner trot. Daeth Jac Black i'r drws yn ei jyrsi llongwr ac yn nhraed ei sanau, 'Pwy gyth . . .? Diawl, chi sy'n waldio 'nrws i 'radag yma o'r dydd.'

'Ia, ma' gin i ofn. Ond ma' hi yn bnawn, cofiwch.'

'At be' 'dach chi'n hel?' a chymryd arno fynd i boced ei drowsus.

'At ddim.'

'At ddim? Diawl, weli's i 'rioed w'nidog yma, am wn i, na fydda' fo'n hel at rwbath. Ddowch chi ddim i mewn, ma'n siŵr, 'taswn i'n penderfynu gofyn i chi.'

'Diolch i chi,' a chamu dros y rhiniog i'r nyth dryw o gegin, a honno â'i thin am ei phen.

Ar y bwrdd crwn roedd yna ddwy botel stowt – un yn llawn a'r llall yn dri chwarter gwag – tun baco wedi'i agor, injian sigaréts a chopi agored o'r *Racing Times*.

''Steddwch. 'Tasach chi'n digwydd taro ar le.'

'Diolch, Jac.'

Wrth y ffendar roedd cath foliog, lliw marmaled, yn gwledda ar damaid o bysgodyn amrwd. O weld y Gweinidog yn hwylio i eistedd aeth cefn y gath yn fwa perffaith a dechreuodd fewian yn hanner bygythiol.

'Na hidiwch am Cringoch. Wedi ca'l dipyn o 'sgytwad mae o. Welodd o 'rioed w'nidog o'r blaen, am wn i. 'Sna welodd o un ar y telifision.'

'Wel, 'dw i wedi bod yma o'r blaen.'

'Flynyddoedd yn ôl, ond 'dodd yr hen Gring ddim hefo ni 'radag hynny. Stoawê ydi'r hen dlawd . . . fel finna'. Mi landiodd i'r Harbwr 'ma hefo ryw iot grand, mi aeth i'r lan i 'neud 'i nymbyr tŵ ac mi a'th y teulu adra hebddo fo.'

'Ond mae o wedi dŵad i gartra da, beth bynnag.'

'Bosib' hynny. 'Chydig o lefrith, hwyrach, ond digon o ofal.'

Daliodd Jac Black y Gweinidog yn ciledrych i gyfeiriad y poteli a phrysurodd i egluro, 'Wrthi'n ca'l 'y nhe ddeg ro'n i.'

'Te ddeg!'

'Ia.'

'O!'

'Am ddau bydda' i'n 'i ga'l o, ylwch.'

'Deudwch chi.'

'Chym'wch chi ddim glasiad, ma'n siŵr, 'taswn i'n cynnig peth i chi.'

'Dim diolch.'

'Dyn lemonêd a dŵr am 'i ben o ydach chitha', debyg. Fel Howarth 'cw?'

'Gan amla', ia.'

O gael y Gweinidog i breifatrwydd yr aelwyd gwelodd Jac gyfle i sbwnjo peth, 'Ma' gin i go' da iawn am y tro buoch chi yma o'r blaen, ac mor garedig buoch chi hefo hen longwr tlawd wedi mynd ar 'i sodlau. Ro'dd hi'n Ddolig, os 'dw i'n cofio'n iawn.'

'Yn union wedi'r Dolig.'

'Dyna fo.'

'Ac mi rois inna' bumpunt i chi'n galennig.'

'Ac mi fframis inna'r darn papur,' ebe Jac, 'o barch i chi. Ond erbyn hyn,' a rhoi sŵn digalon i'w lais, 'ma' hyd yn oed y ffrâm wedi pydru a llun y frenhines, druan, wedi hen ffêdio.'

Bu'r sgwrs yn troi'n wag am funud. Aeth Jac Black ati i roi tro i'r injan sigarèts a daeth brwynen denau o sigarèt allan o'i chyfansoddiad. Wedi tynnu ymyl y papur ar hyd ei wefus isa', i wlychu'r glud, roliodd Jac y sigarèt rhwng ei fys a'i fawd a mynd ati i danio.

'Jac, 'newch chi gymwynas i mi?'

'Dibynnu be' 'di hi 'te.'

'Fasach chi'n tanio boelar y capel i mi, nos Wenar nesa', fel bod y selar yn gynnas erbyn tua saith?'

'Nos Wenar yn anobeithiol, achan. 'Ddrwg gin i, cofiwch.'

'Prysur ydach chi?'

''Dydi Oli Paent a finna' – Oliver Parry fel ag y ma'i enw fo i lawr ar lyfr y capal – 'dydan ni'n dau wedi addo rhoi hand i MacDougall yn y 'Fleece' nos Wenar, i ail stocio'r bar. 'Ddrwg gin i, cofiwch.'

'Fel'na ma' hi.'

'Y . . . tw'mo'r selar ddeudsoch chi?'

'Ia, selar y capal.'

'Y Cwt Malwod.'

'Sut?'

'Fel'na bydda' i yn cyfeirio at y lle.'

'O!'

''Sgin Howarth gorff yn dŵad i mewn ne' rwbath?'

'Y Blaenoriaid sy'n mynd i ga'l ioga yno.'

Camddeallodd Jac Black ystyr y gair, 'Pam gythra'l na fedran nhw gym'yd peth felly adra, wrth tân?'

'Be' 'dach chi'n feddwl?'

'Wel ioga ydi'r llaeth gafr hwnnw gewch chi mewn potyn plastig, a thalu crocbris amdano fo – er na dda gin i mo'r sglyfaeth.'

'Iogyrt ydi hwnnw, Jac.'

'Ia, hwnnw s'gin i mewn golwg.'

'Ond ioga ydi hwn.'

'Ioga?'

'Math o ddisgyblaeth ydi ioga, i ystwytho'r corff a chlirio'r meddwl.'

'Diawl, 'tasa'r Blaenoria'd 'na s'gynnoch chi yn g'neud 'u

gwaith, fel dylan nhw, mynd â rhoddion i bobol dlawd a bellu, fasau'u cyrff nhw'n 'stwytho'n naturiol.' Yna, ailfeddyliodd, 'Ond erbyn meddwl, e'lla bod i'r iogyrt 'ma 'i werth, os 'di o'n clirio pen rhywun. Ma' meddwl Howarth wedi mynd fel mwd. Dyna ni, unrhyw noson arall, heblaw nos Wenar, ac mi fasa'r peth yn blesar i mi.'

Un o gasbethau'r Gweinidog oedd llwgrwobrwyo neb, yn enwedig Jac Black. Ar y llaw arall, petai'r seler heb ei thwymo ac Ifan Jones a'i debyg yn cael niwmonia byddai pris uwch i'w dalu. Tynnodd waled o'i boced a'i sipio'n agored.

'Diawl, cym'wch ofal,' meddai Jac yn ddigri, yn cymhwyso'i hun at yr hyn a oedd yn debyg o ddigwydd, 'c'ofn i chi ga'l annwyd.'

'Annwyd, ddeutsoch chi?'

'E'lla bod tu mewn y walat 'na'n damp! Wrth na fydd hi ddim yn ca'l 'i hagor yn amal 'te.'

'Fydda' hwn o unrhyw werth i chi, Jac?' a thynnu papur degpunt, glân allan.

'O werth mawr, mawr iawn. Diolch yn fawr i chi. Mi gadwith y blaidd wrth y ddôr gefn am yn agos i ddeuddydd.' Cythrodd Jac i'r papur degpunt a'i osod o dan y cap llongwr ar gongl y dresel, 'Diolch yn fawr iawn i chi, unwaith eto. Ro'n i newydd roi 'mhres Sosial i gyd ar gefn rhyw gasag yn Okehampton, ond mi aeth honno ar 'i gliniau, fel 'tasa hi mewn gweddi, ymhell cyn iddi gyrraedd y postyn.'

'Ma' hi'n fraint i mi ga'l helpu cyd-ddyn unrhyw amsar, pan fydd o mewn angen.'

'Diawl, pobol fel chi sy'n rhoi blas ar fyw i rywun,' meddai Jac, yn newid ei diwn wedi iddo dderbyn y degpunt ac yn rhagrithio'i hochr hi. 'Deudwch i mi, fasa' hi'n iawn 'tawn i'n rhoi cynnig ar danio'r sglyfa'th boelar 'na tua pedwar bnawn Gwenar?'

'Ardderchog. Fydd hynny'n hen ddigon buan, rhag ofn iddi fynd yn llethol o boeth yno.'

'Peidiwch â cha'l ych siomi. Ma' hi'n cym'yd awr, o leia', i foelar fel'na deimlo oglau matsian. Ma' nhw'n deud i mi ma' rhai fel'na o'dd gynnyn nhw yn yr Aifft, yn amsar y Pharo hwnnw.'

Wedi cael addewid am wres yn seler y capel erbyn y sesiwn ioga, am y pris o ddegpunt, hwyliodd Eilir i ymadael. I ddangos maint ei werthfawrogiad daeth Jac Black i'w hebrwng cyn belled â'r ddôr gefn.

'Hwyl i chi rŵan, Jac.'

'Yr un modd i chitha', a chofiwch fi'n gynnas at ych musus.'

'Ro'dd hithau am i mi gyfleu'i chofion i chithau,' a mentro celwydd gwyn.

'Dynas gall, Musus Thomas.'

'Ia, debyg,' ond yn dal i gofio y sgôl fu rhyngddynt cyn iddo hwylio allan i'r stryd deirawr ynghynt.

'Dynas yn codi'i phais mewn da bryd.'

'Bosib'.'

'Mi leciwn i fedru d'eud yr un peth amdanoch chitha'.'

'Wel, well i mi'i throi hi, i gario'r newyddion da yna iddi.'

'Dyna ni 'ta. Mi a' inna'n ôl at 'y nhe ddeg.'

Bu gweddill yr amser, cyn y brofedigaeth fawr, yn weddol ddidramgwydd i'r Gweinidog ac eithrio mân groesau. Un peth oedd Ifan Jones yn cam ddarllen y darn papur a roddodd Eilir iddo ac yn cyhoeddi, yn ystod yr oedfa fore Sul, y byddai yna 'ddosbarth broga' – yn hytrach nag ioga – 'yn seler y capel, nos Wener, am saith'. Y groes arall oedd clywed Dic Walters, y Person, un o'i gyfeillion agos, yn y Cylch Gweinidogion, yn mynnu'i alw'n 'iogi bêr'.

*   *   *

Roedd Jac Black ac Oli Paent yn ail stocio'r bar pan ddaeth yr alwad drist. Cerddodd MacDougall, perchennog y 'Fleece', i gyfeiriad y bar â'i gam yn arafach nag arfer ac yn un fwy defosiynol, 'Galwad i ti, Jac. Profedigaeth arall, ma' gin i ofn.'

Cydiodd Jac yn y ffôn symudol a'i gwthio i dwll ei glust gan gymaint y trydar a oedd o'i gwmpas, 'Ia? . . . Pwy? . . . 'O'n i'n meddwl ma' enw mis o'dd peth felly . . .' ('Doedd yr enw 'Ebrillwen' yn golygu dim.) 'Ia . . . Howarth? . . . Deud bod o 'di cicio'r bwcad 'dach chi?' a thynnodd Jac Black ei gap llongwr a'i osod o dan ei gesail, fel y gwnâi hogiau môr. 'Pryd? . . . Cym'wch gythra'l o ofal. Gad'wch o lle mae o.'

O synhwyro difrifoldeb y sefyllfa, tynnodd Oli Paent, yntau, ei gap a'i wthio i boced din ei ofarôl.

'Diawl, Miss, fedra' i ddim rhoi Howarth yn y bŵt. Y Fo sy' piau . . . Wel, y fo o'dd piau'r car!'

Yn araf bach, peidiodd y trydar cyffredinol a daeth tawelwch capel dros lolfa'r 'Fleece' – serch nad oedd William Howarth yn aelod yno.

'Sut? . . . Na, mi ddo' i â'r hers at y drws cefn, ylwch . . . Ia . . . Bydda', mi fydda' i yna cyn pen pum munud . . . 'R'un fath i chithau, Bronwen . . . 'Ddrwg gin i, ond o'n i'n meddwl bod yna 'wen' yn y gair yn rwla.'

Gososodd Jac y ffôn symudol ar gongl y bar a sychu deigryn slei â llawes ei jyrsi. Wedi'r cwbl, serch pob gair garw, roedd y ddau wedi cydweithio'n hapus ers blynyddoedd meithion; yn fwy na hynny, roedd yna gownt fod tad Howarth – yr hen Robat Llechan Las – a Gwen Black wedi oedi gormod tu cefn i'r Cwt Band adeg yr ail ryfel byd a bod Jac a William Howarth, o'r herwydd, yn nes gwaed na chyd-weithwyr.

Pan oedd Jac Black yn cerdded allan o'r dafarn, a hithau'n dawelwch llethol, camodd y Cwnstabl Carrington ymlaen i estyn ei gydymdeimlad, ond fe'i gwthiwyd o'r neilltu'n ddiseremoni; 'doedd yna fawr o Gymraeg rhwng Jac a Llew Traed, fel y'i gelwid, ar dywydd braf heb sôn am noson ddrycinog fel hon.

Wedi cyrraedd y drws, trodd Jac yn ei ôl a dweud yn weddol siriol, 'Diolch i chi am ych cydymdeimlad hefo mi. 'Gewch chi'i ddangos o mewn ffordd fwy ymarferol pan ddo' i'n ôl. Yn y cyfamsar, prynwch beintyn, drosta' i, i Oli Paent.'

Daeth bywyd yn ôl, unwaith yn rhagor, i lolfa'r 'Fleece'.

'Peint i Oli Paent!'

'Ia, peint i Oliver Parry.'

Ddeng munud ynghynt, pan glywyd am farwolaeth William Howarth, aeth cynulleidfa seler Capel y Cei, hefyd, i fudandod llwyr – pawb ond y *guru*. Roedd honno'n dawnsio yma ac acw fel cath wedi disgyn ar do sinc rhy boeth, yn enghraifft anffodus o'r heddwch trosgynnol a wthiai ar bawb arall.

Dyna'r foment y penderfynodd y Gweinidog gymryd yr awenau i'w ddwylo'i hun, 'Pawb i adael Mistyr Howarth lle mae o a symud i ben arall yr ystafell . . . Diolch i chi.'

Gwasgodd y rhai hynaf at ei gilydd i un gongl i ganu clodydd Howarth – gan ei fod, bellach, wedi marw. Ond roedd Ebrillwen, druan, ar fin cael torllwyth o gathod bach. Tynnodd ffôn symudol o'i bag llaw, 'Ylwch, Eilir' – a hon oedd y noson gyntaf i'r ddau gyfarfod – 'mi ro' i alwad ffôn i'w wraig o i ddod yma i' nôl o.'

''Newch chi ddim o'r fath beth. Mi fydda' ergyd ddirybudd felly'n ormod i Musus Howarth. Deialwch naw-naw-naw, a gofyn am ddoctor neu ambiwlans.'

'Fasa dim gwell i ni 'i symud o yn nes i'r drws,' awgrymodd John Wyn. 'C'ofn iddo fo losgi? Mae o'n agos iawn i'r foelar lle mae o.'

'Sut medrwch chi'i symud o,' holodd Meri Morris, 'ac yntau â'i ben yn sownd rhwng 'i goesau?'

'Mi fydda' hi'n bosib 'i rowlio fo yn nes i'r drws,' atebodd John Wyn yn galed. 'Mi fydda'n haws i ni godi'r corff i'r hers wedyn.'

'Ma'r corff i aros ymhle mae o,' rhybuddiodd y Gweinidog yn chwyrn.

'Fedra' i ddim ca'l atab,' eglurodd Ebrillwen, wedi deialu'n wyllt sawl tro. ''Does yna ddim signal yn y twll lle yma.'

Dyddgu, gyda'i chrebwyll arferol, a gafodd y syniad gorau o dan yr amgylchiadau. 'Pam na ffoniwch chi Jac Black, a gofyn am 'i gymorth o? Ma'r ddau, fel y gwyddon ni, fel dau frawd.' Ond heb wybod dim am y cymysgwch gwaed, tybiedig.

'Pwy ydi'r Black yma?' holodd y ferch ifanc, ar fin cael torllwyth arall o gathod.

'Cês 'di Jac,' eglurodd un o'r cybiau ifanc, yn bowld. 'Fo fydd yn dreifio'r hers i nacw,' a phwyntio â'i fys at Howarth, a oedd yn dal yn siâp pêl, 'os na fydd o 'di ca'l gormod o *lush*.'

'Be' ydi rhif cartra'r dyn?' holodd y ferch ifanc, yn mynd i fwy o banig. 'Lle mae o'n byw?'

'Yn y 'Fleece',' eglurodd John Wyn.

'Yn y 'Fleece'?'

'Fan'no mae o'n byw,' ategodd amryw.

'O!'

'Dim ond cysgu a b'yta bydd o yn 'i gartra'i hun.'

'Ma' rhif personol Mistyr MacDougall gin i yn fa'ma,' a deifiodd Ebrillwen, eilwaith, i'w bag llaw a chwipio allan ei threfniadur personol.

'Porth yr Aur chwech-saith-dau-wyth-tri-dim 'di'r nymbyr,' ebe'r parot ifanc, drachefn. Taflodd amryw gip hyll i'w gyfeiriad, wrth ei fod ymhell o dan oed. 'Dyna'r nymbyr i chi ffonio os 'dach chi isio gêm o pŵl.'

'Diolch. Mi a' i i ben arall y stafell, i weld ga' i signal.'

A dyna'r foment y canodd cloch y teliffon yn nhafarn y 'Fleece'.

Lluchiwyd drws seler Capel y Cei yn agored a safodd Jac Black ar y rhiniog, yn union fel petai o'n sieriff mewn ffilm gowboi newydd dorri i mewn i salŵn. Edrychodd o'i gwmpas yn ddig, 'Os ma' dyma be' ydi iogyrt, well i chi hebddo fo!'

Gwelodd Howarth yn ei gwman yn y pellter a cherddodd yn araf i'w gyfeiriad. Wedi cyrraedd y corff aeth i lawr ar ei fol a rhoi'i ben wrth ben ôl Howarth, 'Diawl, 'dydi o ddim wedi marw!'

Dechreuodd amryw drydar eu hanghytundeb, 'Ydi . . . Ydi, mae o wedi marw . . . Mae o **wedi** marw . . . Mae o 'di marw ers deng munud, ne' well . . . Mae o'n farw gorn, Jac.'

Goleuodd Jac leitar. Lle tywyll oedd seler Capel y Cei ar y gorau. 'Nagdi, mi gwela' i o'n anadlu. Diawl 'i geg o sy' lle dyla'i din o fod. Felly, fedar o ddeud dim.'

Dyna'r foment y trowyd tŷ galar yn dŷ gwledd. Daeth y gynulleidfa yn nes, fesul cam, a'r wynebau hirion yn torri allan i wenu, fesul un ac un, mewn gwir ddiolchgarwch.

Cwpanodd Jac ei weflau â'i ddwylo a sibrwd, 'Howarth! Ma' 'na olwg am g'nebrwng arall!'

Yna, fel petai rhywun wedi'i gyffwrdd â ffon hud, dechreuodd William Howarth ymddatod yn araf, fel neidr yn deffro o gwsg wedi gaeaf hir; daeth ei ben allan o rhwng ei goesau, dechreuodd ei gefn ddadgrymu a chyn pen eiliad neu ddwy roedd o'n eistedd i fyny'n gefnsyth ddigon.

Gyda help Jac cododd ar ei draed yn rhesymol sionc. Anadlodd lond ysgyfaint o wynt mwll y seler, fel roedd yr iogi wedi'i gyfarwyddo a dechreuodd y marw lefaru, ''Sgin i ond diolch i chi, un ac oll, am y geiriau caredig lefarwyd amdana' i pan o'n i yn 'y nghwman. Fedrwn i mo'ch atab chi, wrth bod 'y mhen i yn 'y ngafl i.'

Cymerodd anadl ddofn arall a chodi'i freichiau i fyny i ddadstiffio'n iawn. 'Wyddoch chi be', ma' 'nghefn i'n fwy esmwyth nag y buo fo ers blynyddoedd.'

Daeth amryw ato i'w groesawu'n ôl i dir y byw ond roedd yr Ymgymerwr yn awyddus i ymadael, 'Ydi'r hers gin ti, Jac?'

'Ma' hi wrth y drws cefn, giaffar.'

'Mi awn ni 'ta.'

'Reit.'

'Pwy ddeudist ti, Jac, o'dd wedi'n gada'l ni?'

'Fedra' i yn 'y myw gofio'r enw, ar y funud.'

'O wel, mi ddaw pethau'n gliriach i ni, un ac oll, yn y man,' a honno oedd brawddeg stoc Howarth ymhob tywydd.

Prysurodd i gyfeiriad drws seler Capel y Cei a Jac Black hyd ci tu ôl iddo. Wedi cyrraedd y drws trodd yn ei ôl a holi'n siriol, 'Deudwch i mi, Ebrillwen, 'mach i, pryd bydd y cyfarfod nesa'? Leciwn i mo'i golli o.'

Y Gweinidog a atebodd, yn iaith yr Ymgymerwr ei hun, 'Anodd deud, William Howarth, anodd deud. Ond mi ddaw pethau'n gliriach i ni, un ac oll, yn y man!'

5. *CABATSIEN BETHABARA VIEW*

Pan gyrhaeddodd y Gweinidog a'i wraig y capel, bore'r Ŵyl Ddiolchgarwch am y Cynhaeaf, roedd John Wyn, yr Ysgrifennydd, yn cerdded yn ôl a blaen ar hyd ffrynt yr adeilad fel llew mewn caets rhy gyfyng. Yn ofni'r gwaethaf, cymrodd Ceinwen lwybr tarw i gyfeiriad y festri a gadael ei gŵr i wynebu'r hyricen.

''Dwn i ddim pam na chodwch chi fymryn ynghynt ar fora Sul, i chi ga'l bod yma mewn pryd.' Dyna gyfarchiad arferol yr Ysgrifennydd pan fyddai mewn panig.

'Mi fydda'r hen Richard Lewis, oedd yma o 'mlaen i, yn cyrraedd am wyth,' snapiodd y Gweinidog.

Wrth glywed yr union frawddeg a oedd ar ei dafod collodd John Wyn beth o'i stêm, 'Wel, mi fydda' yma tua ugain munud wedi.'

'A ph'run bynnag,' ebe'r Gweinidog yn hunanfeddiannol, 'ma' hi'n ymddangos yn ddigon tawal.'

113

'O'r tu allan, ydi. Tu mewn ma'r damej.'

'O?'

'Ma' hi fel Arch Noa yna. Mi rydw' i newydd anfon Cecil Humphreys i chwilio am Jac Black, i llnau dipyn ar y lle.'

Ar hynny, daeth Cecil Siswrn ar dith heibio i gornel y capel, o gyfeiriad y festri, a Jac yn ei ddilyn yn cario rhaw-dân.

'Mistyr Thomas, cariad,' eglurodd Cecil – cyn dweud 'bore da' hyd yn oed – "gin i ofn bod *chihuahua* Musus Lightfoot 'The Nook' wedi g'neud 'i *pooh-poohs, in doors.*'

'Wedi cachu yn capal ma'r sglyfaeth,' mwmiodd Jac.

Diflannodd y ddau i'r cynteddau – Jac, erbyn hyn, yn arwain hefo'r rhaw-dân a Cecil yn ei ddilyn â golwg ych-â-fi ar ei wyneb.

Dyna'r eiliad yr edifarhaodd y Gweinidog am iddo, fis ynghynt, fynd gyda'r llanw yn hytrach na rhwyfo yn ei erbyn, 'Os ma' fel hyn ma' pethau, hwyrach ma' camgymeriad oedd i ni i ganiatàu'r newid.'

'Camgymeriad?' holodd John Wyn yn sarrug.

'Wel ia.'

'Trychineb 'swn i'n ddeud. 'Dydi'r lle yn dew o drychfilod o bob math. Gyda llaw, pwy ydi'r 'ni' yma 'dach chi'n cyfeirio atyn nhw?'

'Wel, y ni fel Swyddogion. Yn y pendraw, ni gytunodd i'r newid.'

'Siaradwch drosta'ch hun, frawd. Dros fy nghorff marw i, a gweddill y Blaenoriaid, y bu i chi gario'r maen i'r wal.' Roedd hynny'n efengyl wir.

Penderfynodd y Gweinidog – o gofio tuedd yr Ysgrifennydd i orliwio pethau – mai gweld drosto'i hun a fyddai orau iddo.

Pan oedd o'n camu i mewn i'r capel, roedd Jac Black yn camu allan a'i gap-pig-llongwr dros flaen y siefl i guddio'i

lwyth, 'Gwyliwch lle rhowch chi'ch traed, myn cythra'l, c'ofn
i chi deilo'r lle i gyd. Ma'r ci bach 'na, o gofio'i seis, yn ca'l 'i
weithio fel ruban.'

*   *   *

O'r seddau cefn y cododd y gwrthryfel, o gyfeiriad annisgwyl,
a hynny ar fore Sul yn nechrau Medi. Er mwyn rhoi pethau ar
y gweill mewn da bryd roedd y Gweinidog newydd gyhoeddi
y 'cynhelid yr Ŵyl Ddiolchgarwch, yn y modd arferol, ar y Sul
cyntaf o Hydref', pan gododd Hopkins y Banc ar ei draed.

'Os ca' i ddeud gair?'

'M . . . cewch.'

' "Cynnal yr Ŵyl Ddiolchgarwch yn y modd arferol", dyna
ddeudoch chi ynte?'

'Ia.'

''Dydi hi ddim yn hawdd i ni glywad yn y cefn yma, os na
fydd y sawl sy'n cyhoeddi yn siarad yn weddol glir.'

Teimlodd y Gweinidog ei hun yn tynhau. Un o'i gasbethau
oedd gweld deg i ddwsin o addolwyr, gweddol drwm eu clyw,
yn eistedd â'u cefnau'n solet ar wal gefn y capel – fel
gwenoliaid wedi colli'r trên cyntaf i Affrica ac yn disgwyl ail un
– ac yna'n cwyno'u bod yn methu â chlywed y bregeth na'r
cyhoeddiadau. Ond, o gofio'i fod mewn oedfa, penderfynodd
gadw'i ben.

'Ewch ymlaen, Mistyr Hopkins.'

'Onid dyna ydi dagrau pethau?'

'Be' 'dach chi'n feddwl?'

'Wel, ein bod ni'n dal i gynnal ein Gŵyl Ddiolchgarwch am
y Cynhaeaf yn y modd arferol. Fel 'tasa pawb ohonon ni'n dal
i yfad llefrith yn syth o deth y fuwch – yn hytrach nag o botal.'

'Be' felly ydi'ch awgrym chi?' holodd y Gweinidog, yn
hynod annoeth.

'Ga' i ddeud i ddechrau 'mod i'n siarad ar ran tyrfa fawr yn y cefn 'ma.' Nodiodd y dwsin gwenoliaid eu pigau i ddangos eu cytundeb.

''Wela' i.'

'Teimlo'r ydan ni fod angen diweddaru'r Ŵyl Ddiolchgarwch a'i gwneud hi'n llawar mwy gweledol. Ydach chi wedi bod i mewn yn Eglwys Cawrdaf Sant yn y dre 'ma, pan fyddan nhw'n cynnal 'u Gŵyl Ddiolch? Ma' hi'n flodau ac yn llysiau i gyd.'

''Dw i'n cytuno'n hollol â fy mrawd,' ebe Clifford Williams, Garej Glanwern, a eisteddai am y cefngor, a chodi ar ei draed. (Roedd Hopkins a Cliff Pwmp, fel y'i gelwid, yn yfed o'r un ffynhonnau a Hopkins newydd brynu *Saab*, isel ei filltiroedd, yn Garej Glanwern.) 'E'lla ma' bôn braich a chlust go dda oedd gin 'y nhad, yr hen dlawd, ond ma'r mab 'cw rŵan hefo heidrolics a chompiwtars a phethau felly. Os ydi'r capeli 'ma am ddal 'u tir, yna, mi fydd raid i ni symud hefo'r oes, a dechrau diolch am bethau sy'n golygu rwbath i ni.'

Serch fod hynny'n groes i'w ewyllys ar y funud, ni allai Eilir lai na chytuno â rhesymeg y ddau. Uchafbwynt, neu o leiaf penllanw Gŵyl Ddiolchgarwch Capel y Cei bob blwyddyn oedd Ifan Jones, yr hen ffarmwr, yn diolch ar ei weddi – yn gwbl ddidwyll, mae'n wir – am gael 'llwybrau clir a didramgwydd i fynd â'n piseri at y ffynhonnau a hindda i gasglu ein hysgubau i ddiddosrwydd ein hysguboriau'. Y gwir amdani oedd nad oedd yna'r un ffynnon yn agored o fewn pum milltir i Borth yr Aur a go brin fod mab yr hen Ifan, serch iddo olynu'i dad fel ffarmwr, wedi casglu yr un 'ysgub i ddiddosrwydd ysguboriau' yn ei oes.

Ond rhag styrbio plu y saint yn ormodol ceisiodd y Gweinidog gyfarfod â'r cwynion hanner ffordd, fel petai. 'Wel, be' am i ni, am eleni o leia', ofyn i'r aelodau ddŵad â llysiau a blodau i'r capal ac i ni geisio addurno 'chydig ar yr adeilad erbyn yr Ŵyl Ddiolch? Fydda' hynny'n dderbyniol gynnoch chi'ch dau?'

'Fydda'n well na dim,' brathodd Hopkins.

'Ac mi ddo' innau,' ychwanegodd Clifford Pwmp, 'â sbêrwîl neu ddwy, a system egsôs, i ddangos i'r plant yma ein bod ni'n byw yn oes y ceir ac nid yn oes y ceffylau.'

O glywed gwŷr blaen y dref yn dweud sut roedd pethau i fod cafodd Fred Phillips, Plas Coch, yr adeiladydd – a ddigwyddai fod yn bresennol – ei gynhyrfu i gyfrannu. (I Fred a Freda roedd y drefn bigo ym Mhorth yr Aur o'r pwys mwyaf.) 'Be' 'taswn innau'n dŵad â bag neu ddau o sment? A thipyn o redi-mics mewn pwcad? Am bethau fel'na y bydda' i yn diolch.'

Unwaith roedd y llifddorau wedi'u hagor roedd pob math o gynigion yn cael eu lluchio at y Gweinidog: Dora, 'Siop Glywsoch Chi Hon' (neu Doris, ei chwaer; 'doedd Eilir byth yn siŵr p'run oedd p'run) yn cynnig styr-ffrei a salami o'r cownter *delicatessen*, a Dwynwen Lightfoot o'r *Lingerie Womenswear* yn cynnig tameidiau o *'négligee'* – ei gair hi – o felys goffadwriaeth, mae'n debyg, am ben- Blaenor yr eglwys, y diweddar Derlwyn Hughes, a fu farw yn ei chartref, 'The Nook', mewn gwely benthyg. 'Doedd y Gweinidog ddim llai nag ofn i William Howarth, yr Ymgymerwr, gynnig arch wag.

Pan oedd y cynigion yn prinhau, gyda chil ei lygad sylwodd y Gweinidog ar Freda Phillips yn cymell ei gŵr i roi cyfraniad arall. Y ddau yn teimlo, mae'n debyg, nad oedd camu mewn dŵr a sefyll yn eu hunfan yn ddigonol.

'Deudwch wrtho fo, Twdls!'

'Y?'

'Cynigiwch y peth!'

'Be'? . . . Rŵan?'

'Ia!'

Cododd Fred Phillips ar ei draed a hanner troi at y gynulleidfa i ddal clustiau'r gwenoliaid yn y cefn, 'Ffrîd . . .' a chywiro'i hun yn gyflym, 'y . . . Musus Phillips felly, yn f'atgoffa i o'r hyn welson ni'n dau yn y *News of the World . . .*'

Cafodd bwniad yn ei ais, 'Yn y *Goleuad*.'

'Y?'

'*Y Goleuad!* Yn y *Goleuad* y gwelson ni o.'

'Ia, yn hwnnw,' ond heb glywed o'r blaen am bapur newydd yr enwad. 'Ro'dd hwnnw yn cyfeirio at ryw ficar o gyffiniau Lerpwl 'na yn cymell yr aelodau, ar Ŵyl Ddiolchgarwch, i ddŵad â'u hanifeiliaid anwes hefo nhw i'r capal, iddo fo ga'l 'u bendithio nhw yn ystod y cwarfod. Mi o'dd y lle mor llawn, medda'r *News of* . . . y . . . medda'r papur arall hwnnw fel na fedrach chi ddim chwipio chwanan yno.'

Chwarddodd rhai o glywed disgrifiad amrwd Phillips o faint y dyrfa a oedd yn yr oedfa yn Lerpwl – ond nid ei wraig, 'Twdls, *don't be crude!*'

''Ddrwg gin i, Blodyn.'

'A ninnau yn capal! Ond, cari-on.'

'Ac ma' Ffrîd a finnau . . . y . . . Musus Phillips felly, awydd cynnig ein bod ni'n g'neud yr un peth yma.'

'*What a lovely idea,*' sibrydodd Kit Davies, Anglesey View, wrth y rhai a eisteddai o'i hamgylch ond yn ddigon uchel i'r sêt fawr ei chlywed. 'Pan fydd Yncl Capal wedi bod acw hefo ni,' gan gyfeirio at y Gweinidog, 'mi fydd Teigr ac Albert *Number Two* ar 'u *best behaviour* am hir wedyn. Mae o'n *such a blessing* i gathod.'

Teimlodd Eilir ei hun yn cochi o'i gorun i'w sawdl o gael ei ddisgrifio fel 'Yncl Capal' i gathod ond penderfynodd ddal i gadw'i draed ar y ddaear .

Aelod yn yr Achos Cenhadol yn y Capel Sinc oedd Kit

Davies – fel Iorwerth Davies, ei thad, o'i blaen – ac wedi cysegru'i bywyd i'w honci-toncio hi ar y piano tun a oedd yno a dysgu *'hymns Daddy'*, chwedl hithau, i sawl cenhedlaeth o blant difreintiedig ardal yr Harbwr. Ond ar fore Sul, pan fyddai'r Capel Sinc ar gau, fe ddeuai i Gapel y Cei o deyrngarwch i 'Yncl Capal'. Fel ei mam o'i blaen – Saesnes o Barrow-in-Furness oedd honno na wnaeth unrhyw ymdrech i ddysgu'r Gymraeg – roedd Cit-Cat, hithau, wedi berwi'i phen hefo cathod ac yn eu trafod, yn llythrennol felly, fel llond tŷ o blant afreolus. Roedd yr oglau baw cathod a ddeuai drwy ffenestri hanner agored Anglesey View i'w glywed ymhell cyn i gyrn y tŷ ymddangos ar y gorwel.

'Cynnig ein bod ni fel eglwys yn arbrofi i'r cyfeiriad yna,' ebe Hopkins, o gefn y capel, 'a bod Mistyr Thomas yn mynd ati i 'neud y trefniadau angenrheidiol.'

'Mi eilia' innau'r cynnig,' ategodd Clifford Williams cyn i'r Gweinidog gael cyfle i ofyn a oedd yna eilydd.

Cododd y rhan fwyaf o'r gynulleidfa eu breichiau i'r awyr i gefnogi'r cynnig – rhai, yn ddiamau, o gydwybod bur ond amryw, fel y tybiai'r Gweinidog ar y pryd, o ddireidi a diawlineb. Yr unig rai i gadw'u dwylo yn eu pocedi oedd y chwe Blaenor.

'Wel dyna ni 'ta . . . Emyn plant sy' gynnon ni nesa', emyn rhif dauddeg a naw . . .' Dim ond wedi iddo gael cip ar linell gynta'r emyn hwnnw y sylwodd ar y cam ddewis. Ond, roedd hi'n rhy ddiweddar iddo newid tac:

> 'Yr eliffant mawr a'r cangarŵ,
> I mewn i'r arch â nhw,
> Ribi-di-res, ribi-di-res,
> I mewn i'r arch â nhw . . .'

Daeth y *faux pas* hwnnw â chysgod gwên hyd yn oed i wyneb

callestr John Wyn ond roedd eraill, mwy rhadlon, eisoes yn eu dyblau. Yr unig un ddi-wên oedd Ceinwen; hyll dremiai honno i'w gyfeiriad a'r cymylau duon yn awgrymu fod yna storm ar y gorwel.

*   *   *

Y pnawn Llun canlynol, a'r Gweinidog yn croesi ar draws y Morfa Mawr ar un o'i ymweliadau bugeiliol, clywodd chwibaniad yn rhwygo'r awyr. Cododd ei lygaid i gyfeiriad y pentre lliwgar o garafannau ar Ben y Morfa i weld Shamus Mulligan yn llithro i lawr y llethr – ei gôt darmacio, felen, yn farcud o'r tu ôl iddo a'r ddau alsesian, Sonny a Liston, yn dynn wrth ei sodlau.

'Neis gweld chdi, Bos.'

'Sudach chi, Shamus?'

'Dim yn *bad*, 'sti.'

Taflodd y tincer gip i gyfeiriad y ddau gi. Disgynnodd Sonny a Liston ar eu cyrcydau, ddegllath o'r tu ôl iddo, ac eistedd mor ddi-syfl â chŵn tsieni ar seld.

'A sut ma' Musus Mulligan?'

'Kat'leen, 'ti'n meddwl?'

'Ia.'

'Ma' fo'n b'yta fath â eliffant, Bos bach. B'yta cwpwr' fi'n wag.'

'Wel, ma'n dda gin i glywad ych bod chi'ch dau, a gweddill y tylwyth, mewn iechyd.'

'Mynd am dro hefo dy *thoughts* ti, Bos?'

'Na, mynd ymlaen hefo 'ngwaith.'

'Ond 'tydi hi dim yn dy' Sul, Bos.'

'Na. Ond fydda' i'n gweithio ar ddyddiau er'ill, Shamus, heblaw y Sul.'

Rhyfeddodd y tincer â mawr ryfeddod at y fath aberth –

serch iddo weld y Gweinidog wrth ei waith ar ddyddiau'r wythnos sawl tro o'r blaen – a thosturiodd wrtho, ''Ti'n lladd dy hun, Bos bach. Dim ond dy' Sul bydd Tad Finnigan yn gw'ithio . . . A nos Wenar ia? Pan ma' hi'n tombola. Boi giami, Bos.'

A pherthynas 'weithiau cariad weithiau cas' oedd rhwng Shamus Mulligan a'i Offeiriad Pabyddol: y Tad Finnigan yn cystwyo hogiau Mulligan – 'Meibion Belial', chwedl yntau – am luchio'u cylchau ar hyd strydoedd Porth yr Aur wedi amser cau a Shamus, o'r herwydd, yn gorfod danfon poteliad o'r potîn meddwol hwnnw a anfonai ei ewythr, Jo McClaverty, iddo o gorsydd Connemara, i ddofi llid yr Offeiriad. Rhagrith y sefyllfa oedd yn blino'r tincer.

'Ma' fo'n yfad fath â stag, Bos bach, a dim isio i hogia' fi ga'l *knees up*.'

Bu eiliad o saib yn y sgwrsio: Eilir yn amharod i werthu y Tad Finnigan, un o'i gyfeillion – serch ei syched camel – a Mulligan yn ymlafnio i dynnu sigarèt allan, heb dynnu'r paced allan, o boced top ei ofarôl.

Wedi morthwylio'r sigarèt, ddwywaith neu dair, ar gefn ei law, gwthiodd hi i'w geg a chodi coler y gôt oel i gysgodi fflam y leitar. Wedi cael tân, a llyncu ychydig fwg, holodd yn siriol, 'Fasa' ti yn g'neud *favour* i fi, Bos?'

'Ia?'

'O'dd Taid Phillips, Plas Coch,' a chyfeirio'n anarferol o garedig at dad Elvis, gŵr Nuala, 'o'dd o'n deud bod cathod a cŵn yn ca'l dwad i *Harvest Thanksgiving* capal chdi.'

'M . . . wel, ydyn. Am y tro.'

'F'asa Sonny a Liston, cŵn fi, yn ca'l dwad?'

'Wel . . . m . . .'

'Ma' nhw'n cŵn da, Bos.'

O fod wedi agor drysau'r Ŵyl Ddiolchgarwch i gathod Kit

Davies, Anglesey View, a *chihuahua* Dwynwen Lightfoot, y *Lingerie Womenswear*, ni welai'r Gweinidog sut y gallai gau'r drysau ar gŵn Shamus Mulligan – er y teimlai ym mêr ei esgyrn ei fod yn tynnu tŷ arall am ei ben.

'Fedra'i ddim yn hawdd wrthod y cais. Er 'mod i'n gweld y perygl.'

'Boi da ti, Bos,' ac ysgwyd llaw y Gweinidog gyda brwdfrydedd mawr. ''Neith cŵn Shamus dim piso yn capal chdi, *guaranteed*.'

Cychwynnodd Shamus Mulligan ddringo'r llethr yn ôl i gyfeiriad ei garafán a'r ddau alsesian yn dynn wrth ei sodlau. Aeth y Gweinidog, yntau, ymlaen ar ei daith.

Ymhen ychydig, trodd Shamus yn ei ôl a gweiddi dros y wlad, 'Bos! 'Na i deud wrth Liam a Brigid, a Dermot a Brady am dŵad â'u cŵn nhw!'

Cododd Eilir ei law mewn ffarwél derfynol a cherdded, yn fwriadol, allan o glyw. Wrth bydru arni dros y Morfa i gyfeiriad yr Harbwr ni allai lai na phryderu pa ymlusgiaid a thrychfilod eraill a ddeuai'r Mulliganiaid i'w canlyn. Arswydai fwy, fodd bynnag, o feddwl beth a fyddai ar dafod Ceinwen pan ddeuai'r stori i'w chlyw.

* * *

'Wel'is i 'rioed neb arall ond chdi, Eilir, yn rhoi'i ben yng ngheg llew, o'i wirfodd, ac yna yn gofyn gras bwyd cyn i ti ga'l dy f'yta.'

'Ond teimlo ro'n i, Ceinwen, os oedd cathod Anglesey View yn ca'l dŵad i'r oedfa, yna, fedrwn i ddim rhwystro Mulligan i ddŵad â'i gŵn yno. 'Dydi Kit Davies, mwy na Shamus, ddim yn aelod yng Nghapal y Cei.'

'Pan gyll y call fe gyll ymhell, dyna'r cwbl ddeuda' i. Fydd y lle'n debycach i syrcas nag i gapal a chdi, gei di weld, fydd y clown.'

Roedd Eilir newydd adrodd wrth Ceinwen – gyda chryn betruster, mae'n wir – fel roedd Shamus Mulligan am ddod â'i gŵn i glyw yr efengyl ar yr Ŵyl Ddiolchgarwch a hithau, bellach, ar gefn ei cheffyl.

'Fydd yno fawr o anifeiliaid i gyd, Cein. Dim ond cathod Kit Davies a chŵn Shamus Mulligan.'

'A Madona!'

'Pwy? Ydi honno'n dŵad yno?'

'Madona ydi enw *chihuahua* Musus Lightfoot 'The Nook'.'

'Wel, tri ci fydd hynny i gyd.'

'Paid ti â chyfri cywion yn rhy fuan. Yn ôl Doris, 'Siop Glywsoch Chi Hon . . .'

'Doris 'ta Dora?'

'Ro'dd y ddwy'n deud.'

'Deud be'?'

'Bod gin ryw Saesnas, sy' wedi dŵad i fyw i Benrallt, fwnci a'i bod hithau am ddŵad â hwnnw yno – i ti ga'l 'i fendithio fo.'

'Be?'

'A bod Howarth am fynd yno i'w nôl o, hefo'r hers. Wrth 'i bod hi heb gar.'

'Wel, os ydi'r mwnci'n Sais fydd rhaid i ni ga'l oedfa ddwyieithog,' gwamalodd ei gŵr, yn tybio mai bygythiad oedd y cyfan. 'Ne' ca'l offer cyfieithu.'

'Mi elli di chwerthin, Eilir. Ond pwy sy'n mynd i garthu ar ôl yr holl fynarjari? Fydd y mwnci 'na, gei di weld, wedi pledu crwyn bananas i bob cyfeiriad . . .'

'Ceinwen!'

'Be'?'

'Ma' gynnon ni fisitor,' yn falch o gyfle i newid pwnc.

Daeth Ceinwen at ei ochr a sbecian rhwng y llenni, 'Wel ar f'engoch i, William Thomas, Bethabara View. Be' ma' hwn isio?'

'A be' ydi'r parsal anfarth 'na s'gynno fo ar gariar y beic?'

'Bom, hwyrach!' awgrymodd Ceinwen yn chwareus. 'Mi wyddost Bedyddiwr mor ymosodol ydi o.'

Ni allai'r ddau lai na gwenu wrth wylio strygl William Thomas i agor clicied frathog giât ffrynt y Mans ag un llaw, a chydio fel llew yn llyw y beic â'r llaw arall a'r llwyth yn peri i'r beic fod yn aflonydd o dindrwm. Wedi sawl croes-fagiad fe lwyddodd William Thomas i gael y beic a'r 'bom' drwy'r llidiart ac i fyny'r llwybr.

Aeth y Gweinidog at y drws ffrynt i'w groesawu a'i wraig yn dilyn wrth ei sodlau.

'William Thomas, chi sy' 'ma?' holodd Eilir, fel petai'n taro llygad arno am y tro cyntaf y pnawn hwnnw. 'Sudach chi?'

'Ma' golwg wedi ymlâdd arnoch chi,' meddai Ceinwen, yn ddigon croesawus. 'Dowch i'r tŷ. Mi 'na i banad i chi.'

'Ddo' i ddim i mewn, diolch i chi, Musus. Dyna un lle y bydda' 'nhad a mam yn fy rhybuddio i rhag croesi'i drothwy o.'

'Lle felly?' holodd Ceinwen, heb fedru gweld yr ergyd.

'Tŷ Gw'nidog Methodus. Wrth fynd yn hŷn ma' rhywun yn ddiolchgar iawn am y fagwraeth dda gafodd o.'

Gyda defosiwn dechreuodd William Thomas ddatod y llinynnau o amgylch y parsel. Rhoddodd Ceinwen gam neu ddau yn ôl, rhag ofn mai bom oedd yno mewn gwirionedd. Roedd ei gŵr yn fwy hyderus; wedi'r cwbl, roedd y cynnwys wedi'i lapio'n ofalus mewn hen dudalennau o *Seren Cymru*. Cafodd y ddau sioc o weld mai'r hyn oedd yno oedd anferth o gabatsien ddeiliog, y fwya' a welodd y ddau yn eu bywydau.

'Dallt ych bod chi am gynnal ych Gŵyl Ddiolchgarwch bora fory.'

'Y . . . ydan,' atebodd y Gweinidog, yn ochelgar.

'A dallt y bydd o'n wasanaeth dipyn yn anarferol.'

'Ia?'

'Ac y byddwch chi'n arddangos cynnyrch y gerddi a ballu.'

'Byddan.'

'A meddwl ro'n i, rhoi hon yn fenthyg i chi dros yr Ŵyl. Dim ond i chi roi'ch gair i mi, y bydd hi'n ca'l 'i gosod mewn lle go amlwg.'

Daliwyd y Gweinidog a'i wraig gan syndod a rhyfeddod. Cystadlu yn Sioe flynyddol Porth yr Aur ac yn Sioeau y pentrefi cyfagos oedd ail ddiddordeb William Thomas ac roedd yn bencampwr cyson ar arddangos llysiau. Ond y foment honno, y peth olaf oedd y Gweinidog ei angen oedd rhagor o lysiau – yn arbennig cabatsien fenthyg. Ond amharch fyddai taflu cymwynas yn ôl i wyneb ei pherchennog.

'Rydan ni'n ddiolchgar iawn i chi, William Thomas.'

'Yn hynod felly,' ategodd Ceinwen gyda mwy rhagrith.

'Weli's i 'rioed gabatsien fwy,' ebe'r Gweinidog ac roedd hynny'n wir.

'Ma' hi'n pwyso hannar canpwys,' broliodd William Thomas, 'a rhyw 'chydig bach 'chwanag.'

'Ma hi'n union fel 'tasa hi'n disgw'l rhagor o deulu,' ychwanegodd Ceinwen a bygwth bodio'r gabatsien.

'Cy'mwch ofal, Musus, c'ofn i chi'i chleisio hi.'

'Ac mi rydach chi'n hollol siŵr, William Thomas, ma' cabatsien ydi hi?' holodd y Gweinidog yn ddifeddwl.

Ffromodd William Thomas o glywed y fath gwestiwn dwl, 'Ma' hi'n amlwg i mi, frawd, ych bod chithau wedi'ch magu o dan bwcad.'

Gydag ymdrech cododd 'Bethabara View' y llwyth o gariar

y beic a'i osod yn hafflau'r Gweinidog nes roedd hwnnw yn ei ddwbl, 'Bobol! Ma' hi yn drwm.'

'Mi leciwn i, Mistar Thomas, 'tasa chi'n cofio ma' benthyg ydi hi.'

'Yn sicr.'

Tynnodd y Bedyddiwr gerdyn lliw coch, tanbaid, o boced ei gesail, 'Ac mi hoffwn i, hefyd, petaech chi'n arddangos y cerdyn yma wrth ochor fy nghabatsien i, mewn lle gweddol amlwg.' Daeth at wynt y Gweinidog – hynny a oedd ganddo ar ôl – i ddangos yr ysgrifen iddo. 'Mi welwch i mi ga'l y wobr gynta' hefo hon yn Sioe Porth yr Aur a'r wobr gynta' am y cynnyrch gorau.'

'Llongyfarchiadau gwresog i chi,' ebe Ceinwen.

'Ond biti, Musus Thomas, na fyddach chi wedi medru bod yn bresennol i' ngweld i'n ca'l fy anrhydeddu. Ac ylwch,' gan bwyntio eto at y cerdyn, 'mi rydw' i wedi rhoi'r gair 'Bethabara' ar ôl fy enw, mewn print go fras, fel bydd ych pobol chi, fory, yn gw'bod o ba gapal ma'r gymwynas wedi dŵad.'

''Sgynnon ni ond diolch,' ychwanegodd y Gweinidog, yn fwy nag awyddus i weld cefn William Thomas; erbyn hyn roedd y gabatsien yn pwyso tunnell ac o ddal i'w chofleidio, yn ei unfan, teimlai fod ei ddwy lengig yn mynd yn glymau chwithig ac mewn perygl o dorri. Ond o ollwng y sglyfaeth cabatsien gallai honno bowlio i lawr llwybr yr ardd, i'r ffordd fawr, ac yn ôl i gyfeiriad Bethabara View.

O boced ei gôt law, hen ffasiwn, tynnodd William Thomas botel fechan a gorchymyn, 'A Mistyr Thomas, 'dw i am i chi rwbio'r oel yma ar fol y gabatsien cyn mynd â hi i'r oedfa. Fedra' i ddim deud be' ydi'r cynnwys. Hen resipi ge's i gin W'nidog Batus o Wauncaegurwen pan oedd o yma hefo ni mewn C'warfod Pregethu.'

'Oel?' holodd Ceinwen mewn rhyfeddod.

'Ia, o'i rwbio fo ar 'i bol hi mae o'n rhoi gwell cymeriad iddi, ac yn g'neud iddi edrach yn fwy siriol. Pan fydd gynnoch chi feirniad sioe go galad ma' peth felly'n g'neud y gwahaniaeth rhwng bod yn gynta' ne'n ail.'

'Fedri di, Cein, gydio yn y botal c'ofn i mi ollwng y sgly . . . y gabeitsian braf 'ma.'

'Wrth gwrs.'

Wedi t'wysu yr *Hercules* hynafol cyn belled â'r giât ffrynt trodd William Thomas yn ei ôl a gofyn yn ddigon cwrtais, 'Hwyrach y dowch chi â hi yn ôl i mi i Bethabara View pan fyddwch chi wedi darfod hefo hi?'

'Yn ddi-ffael, William Thomas,' atebodd y Gweinidog, a rhoi addewid dyn meddw iddo.

'Fydd y lle 'cw yn ddigon gwag hebddi. Pnawn da, rŵan.'

Roedd Eilir yn fwy na balch o gael rhoi'r llwyth i orffwyso ar ganol bwrdd y gegin, serch fod hwnnw'n griddfan dan y pwysau. 'Cabatsien arall, Cein!'

'Ia, ond bod hon yn ddigon mawr i fod yn dad i'r lleill.'

'O gofio am 'i gulni, be' ar wynab y ddaear faith cymhellodd o i roi benthyg hon i Gapal y Cei?'

'Chwarae teg i'w galon o ddeuda' i.'

'Be' 'ti'n feddwl?'

'Wel, 'dach chi, weinidogion, wedi bod yn ymlafnio am flynyddoedd i geisio ca' l capeli'r dre 'ma yn nes at'i gilydd ond ma' 'Bethabara View' wedi uno dau enwad ar gorn un gabatsien . . . ond bod honno'n un fawr, 'dw i'n cyfadda'.'

* * *

Am ryw reswm cafodd dau o gymdeithion yfed Jac Black gryn ysgytwad pan gerddodd Gweinidog Capel y Cei i mewn i barlwr cefn y 'Fleece' ar bnawn Iau. Gan ei fod â'i gefn at y bar, Oliver Parry, Oli Paent, oedd y cyntaf i daro llygad arno; gadawodd y bar yn syth, gan adael peint glafoeriog ar ei ôl, a dechrau cerdded yr ystafell â'i ben yn yr awyr i roi'r awgrym ei fod yn archwilio'r nenfwd ar gyfer ei ail beintio. Roedd safle y Cwnstabl Carrington, Llew Traed fel y'i gelwid, yn un llai ffodus. Safai rhyw ddwy lath neu well oddi wrth y bar, yn ei lifrai, pan welodd, gyda chil ei lygaid, y Gweinidog yn cerdded heibio. O'r pellter hwnnw, lluchiodd ei helmed nes ei bod hi'n landio'n berffaith dros y peint a oedd o'i flaen – fel petai o'n chwarae taflu cylchoedd wrth stondin ffair. Yna, dechreuodd gerdded ar flaenau'i draed ac yn ei gwman i gyfeiriad y byrddau pŵl i roi'r argraff ei fod yno ar ddyletswydd, yn chwilio am ladron.

Pan gyrhaeddodd y Gweinidog at ochr Jac Black roedd hwnnw mor ddigynnwrf â phetai o yno i drefnu trip ysgol Sul.

'Diawl, ylwch hogia' be' ma'r gwynt wedi chwythu i mewn,' heb sylweddoli fod Oliver Parry a'r Cwnstabl wedi'i sgrialu hi.

Ceisiodd Eilir ddringo i stôl feingoes, uchel, a chael gryn drafferth.

'Ma' hi'n amlwg ych bod chitha' wedi arfar hefo 'smwythach cadeiriau.'

'Rhai is, o leia'.

'Chymwch chi ddim glasiad o ddŵr, ma'n siŵr, 'tawn i'n cynnig prynu un i chi.'

'Ddim diolch.'

'Fydda' inna' ddim yn ffond o ddŵr 'chwaith. Peth drwg am godi gwynt medda' nhw. Heblaw, mae o wedi mynd yn beth drud sobor. Y dŵr 'ma gewch chi mewn poteli.'

'Wnewch chi gymwynas i mi, Jac?'

'Diawl, well gin i wneud cymwynas na dim arall,' a phalu clamp o gelwydd. 'Hynny ydi, os bydd y gymwynas o fewn 'y 'nghyrra'dd i, te?'

'Wel, i dorri stori hir yn un fer, ma' hi'n oedfa Ddiolchgarwch acw bora Sul nesa' ac mi fydd yn oedfa ychydig bach yn wahanol.'

'Fydd newid yn tsêns i chi.'

'Roedd Mistyr Hopkins y Banc a Clifford Williams y Garej am i ni drio diweddaru pethau.'

'Wel, diawl, dyna be' ydi hyfdra. 'Dydi Cliff Pwmp yn gwerthu oel brynodd o bum mlynadd yn ôl am bris hiddiw.'

'Y penderfyniad oedd, ein bod ni'n gofyn i'r aelodau ddŵad â pethau hefo nhw i'r gwasanaeth.'

'Pethau? Pa bethau?'

'Pethau ma' nhw'n teimlo fel diolch amdanyn nhw.'

Cododd Jac ei wydryn i'r golau a holi'n ddrygionus, 'Diawl, ga' i ddŵad â'r sgotyn 'ma hefo mi? Fydda' i'n teimlo'n amal fel diolch amdano fo.'

Anwybyddodd y Gweinidog y sylw rhyfygus a mynd ymlaen â'i gais, 'Gan y bydd hi'n debyg o fod yn rhwydd lawn yno, meddwl roedd y Blaenoriaid y basach chi, fel yr un sy'n gofalu am y capel, yn medru bod yno bore Sul – i gadw llygad ar bethau.'

'Y Blaenoriaid ddeudsoch chi?'

'Ia.'

'Chwith garw am y Gw'nidog o'dd yma o'ch blaen chi.'

'Roedd hwnnw'n sant, fel y clywis i.'

'Sant?'

'Ia.'

'Ymhell o fod felly. Mi fydda' Mam, yr hen dlawd . . .'

'Miss Black?'

'Ia siŵr. Mi fydda' hi'n deud bod yna duadd yn hwnnw i fynd yn ffres hefo Miss Jones, Tŷ Capal, er bod gynno fo stemar o wraig . . . fel chithau o ran hynny.'

'Felly!' mwmiodd y Gweinidog, yn anhapus o glywed Ceinwen yn cael ei dosbarthu felly.

'Ond mi o'dd o'n rhagori mewn un peth.'

'A be' oedd yr un peth hwnnw, i mi ga'l ceisio trwsio fy ffyrdd?'

'Feiddia' Howarth, na'r un Blaenor arall, gerddad drosto fo.'

'Mi ddowch ato ni, felly, bora Sul? Gan ma' fi sy'n gofyn.'

'Fedra i ddim, na fedra'?'

'Pam?'

'Wel yn y Capal Sinc 'dw i'n aelod.'

'Newydd arall i mi,' ychwanegodd y Gweinidog yn grafog.

'Wel fan'no, o leia', ma' 'ngherdyn siwrans i,' ac aeth Jac Black i ymyl bod yn dduwiol. 'Diawl, mi fydda' i'n agor ffenestri'r llofftydd 'cw at y lintal pan fydd hi'n Gymanfa Ganu yno.' Syllodd yn hir ac yn hiraethus ar y gwaddodion yng ngwaelod ei wydryn ac ychwanegu, 'Ac yn anffodus i mi, mi wn ma' 'nghollad i ydi hi, 'dydi dŵad i addoli yng Nghapal y Cei ddim i lawr ar fy nghontract i.'

'Ond ma' llnau.'

'Ydi. Ond dim carthu.'

'Mi glywsoch felly y bydd yno anifeiliaid?'

''Doedd y Mulliganiaid 'na yn y 'Fleece' 'ma neithiwr.'

'Yn codi bys bach, debyg.'

'Nage. Yn pigo ffeit,' ac am foment crwydrodd Jac oddi wrth y trywydd. Daeth gwefr i'w lygaid, 'Be' 'tasach chi'n gweld yr Elvis hwnnw . . .'

'Gŵr Nuala?'

'Ia, hwnnw hefo'r gwallt canu. 'Doedd 'i frawd o yn ista ar y stôl lle 'dach chi'n ista rŵan, ac mi roddodd Elvis swadan o dan gliciad 'i ên o, nes ro'dd 'i bedolau fo'n llnau y sêd-lamp 'na sy'n union wrth ych pen chi. Mi gaethon ni gyd noson fendithiol iawn a deud y gwir.'

O fethu â thynnu gwên i wyneb y Gweinidog camodd Jac yn ôl ar y trywydd a dweud, 'Mulligan ddeudodd – a 'dw i'n cym'yd 'i fod o'n sobor – 'i fod am ddŵad â'i gŵn yno iddyn nhw ga'l . . . ga'l be' bynnag ma' nhw am ga'l.'

'Ma' hynny'n wir,' cytunodd y Gweinidog, lech ei lwyn.

'Ac mi glyw'is ddeud, er 'mod i'n gweddïo nad ydi o ddim yn wir, fod Dwynwen Lightfoot am ddŵad â'r giwana yno.'

'*Chihuahua.*'

'Y?'

'*Chihuahua.* Dyna ma' nhw'n galw'r brid.'

'Ia, hwnnw 'dw i'n feddwl. Ci rhech os bu 'na un 'rioed.'

'A gast sy' gynni hi. Dim ci.'

'Diawl, ma' hi'n medru gollwng gwynt yr un fath,' ebe Jac yn flin. 'Dydi 'Anglesey View' 'rioed am ddŵad â'i chathod yno?'

'Ydi. Ond dim ond dwy . . . neu dair.'

'Dyna be' fydd cymanfa o oglau. Pan fydda' i allan yn y môr, ddwy filltir o'r lan, yn codi cewyll cimychia'd, a ffenstri Anglesey View fodfadd yn 'gorad, ma'r oglau cathod yn ddigon hyd yn oed i gadw gwylanod draw. Ddo' i ddim bora Sul, ond mi bicia' i i mewn bora Llun, i ffiwmigetio'r lle.'

Wedi iddo fynd i ben ei dennyn, fe wyddai Eilir mai dim ond un allwedd oedd yna i agor calon Jac Black, er na hoffai ddefnyddio honno. Disgynnodd o'r stôl feingoes a cherdded at ben arall y bar. Chwibanodd am sylw, fel petai o'n llymeitiwr cyson.

Ymhen hir a hwyr, daeth MacDougall ei hun at y ffynnon. Fel Pabydd wrth fagwraeth, ac yn gynefin â disychedu'r Tad Finnigan yn nosweithiol bron, ni synnodd ddim wrth weld pwy oedd y cwsmer.

'Mistyr Thomas, be' ga' i estyn i chi?'

Trwy ryw wyrth cofiodd enw'r ddiod a drodd fraich Jac

Black y tro o'r blaen bu rhaid iddo'i lwgrwobrwyo, '*Southern Comfort.*'

'Dau?'

'Un . . . ond g'newch o'n un mawr.'

Wrth roi'r gwydryn o flaen y Gweinidog, holodd MacDougall, fymryn yn anniddig, ''Dach chi' dreifio?'

'Na, i Jac ma' hwn.'

Daeth gofid un mewn profedigaeth i wyneb MacDougall. '*Paddy's* ma' Jac yn 'i lyncu rŵan.'

'O!'

'G'neud dŵr yn well ar 'i ôl o, medda' fo.'

'Wel . . . y . . . be' 'na i rŵan 'ta?'

'Peidiwch â phoeni dim, mi dollta' i un arall i chi, heb draffarth. Mi gewch chithau, wedyn, setlo hefo mi am y ddau.'

Wedi talu am y ddau, dychwelodd Eilir at Jac a sodro un gwydryn ar y cownter o'i flaen.

'I mi, 'ta i chi ma' hwn?'

'Chi, Jac.'

'Diawl, thenciw mawr, a iechyd da i chi.' Daliodd y gwydryn rhyngddo a'r golau. 'Oes 'na beryg' ma' Lwcosêd 'di o?' Yna, nabododd ei ffefryn, 'Yr hen Badi 'di o. Dim ond un peth sy'n rhagori ar un o'r rhein.'

'O?'

'Dau ohonyn nhw.' Wedi drachtio cegaid, daeth Jac Black yn ddyn newydd. 'Pryd deutsoch chi, hyfyd, ma'r Diolchgarwch yn dechrau?'

'Bora Sul. Am ddeg.'

''Ddo' i yno erbyn naw, ylwch. I mi ga'l bod yno mewn da bryd.'

'Diolch yn fawr iawn i chi.'

'Ac mi ddo'i â rhaw-dân i 'nghanlyn, rhag ofn bydd galw am i mi garthu dipyn.'

'Ardderchog.'

'Diawl, 'dw i'n dechrau edrach ymlaen yn barod. Fûm i ddim mewn Gŵyl Ddiolch ers pan o'n i'n blentyn.'

Wrth droi'n ei ôl yn y drws i ffarwelio â Jac pwy welai'r Gweinidog yn llithro yn eu holau at y bar, fel pryfaid yn dod allan o bren, ond Llew Traed ac Oli Paent; y ddau fawr feddwl fod Gweinidog Capel y Cei wedi llwyddo i droi Jac Black, o bawb, yn gapelwr!

*   *   *

Wedi codi yn y pulpud cafodd y Gweinidog gryn syndod o weld maint y gynulleidfa. Ar y dde iddo, yn y feri ffrynt, eisteddai'r Mulliganiaid yn un llwyth lliwgar, swnllyd, a gweddill y gynulleidfa i'r chwith iddynt a thu cefn. Yn ôl pob golwg, ychydig o anifeiliaid a ddaeth yno i gael eu 'bendithio'. Ar y llwybr, ac yn union gyferbyn â'r lle'r eisteddai Shamus, cyrcydai y ddau alsesian, Sonny a Liston, mor syber yr olwg â dau flaenor; 'doedd gan Eilir ddim llai nag ofn i'r ddau godi, wedi'r cyhoeddiadau, a mynd o amgylch i hel y casgliad. 'Hyd ergyd bwa' oddi wrth weddill y llwyth, eisteddai Patrick Joseph McLaverty Mulligan Phillips – mab Elvis a Nuala – a pheithon fechan, cyw mae'n debyg, yn un roli-poli cynnes ar ei lin a'i thafod, bob hyn a hyn, yn saethu allan i gyfeiriad y Gweinidog. Mynnai Pedro Plas Coch, ffŵl o gi os bu un erioed, eistedd ar y sedd â'i ben ôl at y pregethwr gan edrych o'i amgylch fel petai o'n cyfri faint oedd yn bresennol. Ychydig tu ôl iddo, ond yr un ochr â'r Mulliganiaid, roedd 'giwana' – chwedl Jac Black – Dwynwen Lighfoot 'The Nook', mewn top-côt o wlanen goch o'r *Lingerie Womenswear*, yn swatio'n nerfus ar lin ei pherchennog – a Jac newydd fod yno'n carthu. Seddau lawer tu cefn iddi, eisteddai Kit Davies, Anglesey View, wedi gosod ei chathod – pob un mewn cawell – yn rheng drefnus ar hyd un sedd. Wrth godi i ledio'r emyn cyntaf teimlai'r Gweinidog hi'n hawdd iawn diolch: 'doedd yna'r un sein o'r mwnci o Sais hwnnw y bu Ceinwen yn bygwth cymaint yn ei gylch.

Yn ogystal, roedd y rhoddion a ddaeth yr aelodau i'w canlyn ac a osodwyd ar blatfform isel yn y tir neb rhwng y sêt fawr a'r gynulleidfa yn rhoi lliw i'r awyrgylch; y bag sment a'r redi-mics a ddaeth o warws Plas Coch, a'r batri a'r system egsôs o Garej Glanwern yn blendio gyda'r llwythi o flodau a llysiau a oedd o'u hamgylch. A chwarae teg i ferched y capel am roi cabatsien Bethabara View yn ganolbwynt i'r cyfan, fel roedd Eilir wedi apelio atynt. Yr unig ddolur i'r llygaid oedd y '*négligé*' roedd Dwynwen Lighfoot wedi'i gario yno, ychydig funudau cyn dechrau'r gwasanaeth, a'i hongian yn ddigywilydd ar un o bileri'r sêt fawr, ychydig fodfeddi oddi wrth wegil William Howarth.

Aeth hanner cyntaf yr oedfa yn ei blaen yn hwylus ddigon. Chafodd Ifan Jones, yr hen dlawd, ddim cyfle i ddiolch am y 'llwybrau clir a didramgwydd i fynd â'n piseri at y ffynhonnau a hindda i gasglu ein hysgubau i ddiddosrwydd ein hysguboriau' ond fe gafodd ddarllen o'r Ysgrythur. O gofio natur y gynulleidfa dewisodd adnodau digon perthnasol, gan ddarllen gyda thinc hen ffasiwn: 'A'r blaidd a drig gyda'r oen a'r llewpart a orwedd gyda'r myn; y llo hefyd. A chenau y llew, a'r anifail bras, fyddant ynghyd . . .'. Dyddgu, yn ôl ei harfer, a oedd y mwyaf perthnasol o bawb. Roedd hi wedi cyfansoddi gweddi, gyfoes ei hiaith, yn diolch am fendithion technoleg a gwyddoniaeth, diwydiant a diwylliant, gan ddymuno i'r bendithion hynny gael eu rhannu'n deg gyda thrueiniaid y Trydydd Byd.

Dechreuodd y Gweinidog gael ei anesmwytho wrth weld rhai o wyrion Shamus Mulligan yn helpu eu hunain yn ystod canu'r emynau i'r sypiau o rawnwin aeddfed roedd John Wyn wedi'u rhoi'n rhodd o'i dŷ gwydr. Yn y tawelwch rhwng diwedd canu emyn a'r gynulleidfa'n eistedd clywodd 'Taid Shamus' yn rhybuddio'r wyrion i 'peidio dwyn, ond yn nos'.

Pan aed â'r platiau casglu o amgylch sylwodd Eilir ar wyrion Shamus yn helpu'u hunain i'r arian rhydd ac yn pasio amlenni boldew i'r mamau a eisteddai y tu ôl iddynt.

Erbyn ail hanner yr oedfa, roedd Pedro wedi taro'i lygaid ar Madona, ast Dwynwen Lightfoot, ac wedi'i ffansïo – yn unol â greddf ci. Eisteddai yno yn syllu dros y cefngor, ei lygaid yn dyfrio a glafoerion yn driblan i lawr ei ên. Ar adegau o dawelwch defosiynol fe'i clywid yn udo'n gwynfanus.

Cyn ledio'r emyn olaf, clywodd y Gweinidog Cecil Siswrn, a eisteddai yn y cefn, yn sibrwd llwyfan: 'Jac! Ma' Madona wedi *pooh-poohs once again*', a Jac Black yn rhuthro i mewn – y rhaw-dân o'i flaen a'i gap llongwr yn ei law. Wedi'r carthu, cododd Jac y rhaw i gyfeiriad y Gweinidog a gweiddi arno, fel math o ymddiheuriad, 'Y giwana wedi ca'l 'i weithio eto. Fel ruban!'

Ar ddiwedd yr oedfa aeth y Blaenoriaid a rhai o wragedd y capel ati i ddosbarthu'r rhoddion. Y bwriad oedd rhannu y blodau a'r llysiau rhwng cartrefi henoed y dref, yr ysbyty lleol ac aelodau o'r eglwys a oedd yn gaeth i'w cartrefi; roedd y bag sment a'r redi-mics, y batri a'r sytem egsôs i fynd yn ôl i Blas Coch a Garej Glanwern.

John Wyn, yr Ysgrifennydd, oedd y mwyaf blin o bawb, wedi colli'i rawnwin, ''Tydi'r Mulliganiaid felltith 'na wedi pluo pob grepsan oedd ar bob brigyn. Dim ond boncyffion noeth sy' ar ôl.'

'E'lla bod y pethau bach isio bwyd,' apeliodd Dyddgu yn Gristnogol ei hysbryd fel arfer.

''Dwn i ddim be' haru'r Gw'nidog 'ma yn tynnu ryw ladron

fel'na i glyw yr Efengyl,' oedd unig ymateb yr Ysgrifennydd.

Dyna'r foment y cofiodd y Gweinidog am y gabatsien fenthyg, 'Welodd rywun y gabatsian honno o Bethabara View?'

''Fasa'n anodd goblyn i neb beidio â'i gweld hi,' ebe Meri Morris, Llawr Dyrnu, 'Wel'is i yn fy einioes un fwy na hi.'

''Doedd hi yma funud yn ôl,' ychwanegodd Dyddgu. Cecil roddodd yr eglurhâd, 'Deudwch i mi Mistyr Thomas, siwgr, ydi Shamus Mulligan yn disgw'l rhagor o deulu ne' rwbath?'

'Ydi,' atebodd y Gweinidog yn ddifeddwl. 'Hynny ydi, ma'i ferch o, Brady, yn disgw'l plentyn bach.'

'*He could have fooled me.*'

'Be' 'dach chi'n feddwl, Cecil?'

'Wel, Mistyr Thomas, cariad – *excuse me being crude* – pan o'dd o'n mynd allan o'r capal o'dd yna *hump* o dan 'i *sweater* o fel 'tasa fo'n *expecting twins.*'

Y foment honno, fe wyddai Eilir, ei fod wedi tynnu'r tŷ am ei ben a hynny'n un llanast.

*   *   *

'Ond y chdi, a neb arall, Eilir, sy' wedi tynnu'r tŷ am dy ben.'

'Sut i egluro i 'Bethabara View' bod 'i gabatsien o wedi mynd am dro, dyna fy mhoen i.'

Erbyn hyn roedd hi'n fore Llun: Eilir yn pwyo llawr y gegin, yn ôl a blaen, yn methu â gwybod sut i dorri'r newydd i William Thomas am y brofedigaeth a Cheinwen, yn fwg ac yn dân, yn paratoi i fynd allan i'w gwaith.

'Piodan ydi Shamus Mulligan, fel y gwyddost ti'n iawn. Rwbath welith o'n sgleinio ac mi dwynith o yn y fan. Mynd i weld William Thomas ydi'r gorau i ti ac agor dy galon iddo fo. Deud wrtho fo'n union be' ddigwyddodd.'

'Haws deud na g'neud. 'Dw i'n meddwl ma' gada'l y peth dan heno fydd orau i mi.'

'Neith oedi ddim byd ond ffyrnigo'r briw, Eilir. Taro'r haearn tra mae o'n boeth, dyna sy' orau i ti,' ac estynnodd Ceinwen ei boch er mwyn i'w gŵr roi cusan iddi cyn iddi ymadael. Ond cusan ddigon stiff gafodd hi.

Y pnawn hwnnw, pan oedd Eilir yn troi'r gornel i'r Stryd Fawr, daeth wyneb yn wyneb â'r gŵr a fawr ofnai. Dyna lle roedd William Thomas, yn ei ddillad Cyngor Sir, â phlynjar yn ei law yn glanhau un o'r cwterydd.

'Y . . pnawn da, William Thomas.'

'O! Chi sy'na? Y draen 'ma sy' wedi cau.'

'Mi rydan ni wedi ca'l llawar iawn o law yn ddiweddar 'ma'.'

Fel Bedyddiwr ffanatig tynhaodd William Thomas yn y fan, 'Peidiwch â rhoi bai ar y glaw. Chawn ni byth ormod o ddŵr. Un o'r rhoddion mwya' ma'r Bod Mawr wedi'i roi i ni ydi dŵr. Fedar neb fedyddio heb ddŵr. Y gwtar ydi'r drwg, yn methu â dygymod â'r dŵr fel y dylai hi.'

'M . . .' a llyncu'i boeri. 'Mi glywsoch am ych cabatsien?'

'Do'n tad. 'Dwn i ddim sawl un o'ch pobol chi sy' wedi deud wrtha' i mor dda o'dd hi'n edrach. A diolch i chi am drefnu i' danfon hi adra mor fuan.'

'O! Ma' hi wedi dod i'r fei felly?'

''Doedd Shamus Mulligan wrth ddrws Bethabara 'cw cyn diwadd yr oedfa.'

'Da iawn am hynny,' ac yn gofidio yn ei galon iddo grogi Shamus cyn iddo gael ei roi ar brawf.

'Hwyrach bod yr oedfa wedi mynd fymryn bach yn faith. Er ma' fi oedd yr unig un oedd yn medru cymryd rhan.'

'A 'dodd y gabatsien fawr gwaeth?' holodd y Gweinidog.

'Dipyn o gol-tar ar 'i phen-ôl hi, wrth bod Mulligan wedi

rhoi pas iddi yn y lori darmacio. Heblaw, ma' olew gwerthfawr y pregethwr Batus hwnnw o Wauncaegurwen wedi codi pob marc.'

'Dda gin i glywad hynny, William Thomas.'

'Un da ydi'r hen Mulligan, Mistyr Thomas. G'neud y gymwynas, medda' fo, i arbad ych traed chi. 'Gweld chi'n brysur.'

'Wel, chwarae teg i'w galon o.'

'Oes yn tad, ma' 'na ochor lân i sawl ceiniog ddrwg. Ac mi roedd o'n deud ma' aton ni i Fethabara y daw o, a'i deulu mawr, y Diolchgarwch nesa'.'

'Fydd y capal bach yn fwy na llawn, felly?'

'Bydd, clod i'w enw. Ac mi aeth mor bell â chytuno hefo mi, ma' fi sy'n iawn ar gwestiwn y bedydd.'

'Wela' i,' a dechreuodd Eilir amau fod Shamus Mulligan wedi codi'n gynt na 'Bethabara View'. 'Ddaru o gynnig tarmacio rownd y capal i chi?'

'Do'n tad. *Bitumen Emulsion* ne' rwbath, medda' fo. Mae o wedi rhoi pris ac mi rydw' innau wedi derbyn. Fydd yn hwylus iawn ca'l lle cadarn o dan draed wrth bydd 'na gyfri mawr acw Diolchgarwch nesa' . . . Os g'newch chi fy esgusodi i rŵan, i mi ga'l mynd ymlaen hefo 'ngwaith. Fedra' i ddim diodda' gweld dŵr heb le i redag.'

'Ar bob cyfri. A diolch i chi am fenthyg y gabatsien.'

Cychwynnodd y Gweinidog ymaith a'i galon yn ysgafnach nag y bu ers mis. Dyma beth oedd cael y llaw uchaf ar Ceinwen – os oedd peth felly'n bosibl.

Wrth gerdded i gyfeiriad y Tebot Pinc penderfynodd droi i mewn, i roi caead ar biser Cecil yn ogystal – y fo a'i '*expecting twins*' – ac i ordro cwpanaid o goffi dŵr i foddi'r cynhaeaf.

6. *HAROLD*

Roedd bysedd y cloc yn llusgo'n flinedig i gyfeiriad hanner nos, a'r ddau yn hwylio am y gwely, pan ddaeth cnoc uchel ar ddrws ffrynt y Mans.

'Eilir! Ma' 'na rywun yma.'

'Oes.'

'Ond ma' hi'n berfeddion nos.'

'Ma' hi'n chwartar i hannar, ydi.' Cododd y Gweinidog a chychwyn i gyfeiriad y drws ffrynt.

'Gwranda Eilir, 'dw i yn 'y mhyjamas,' ac yn swnio'n llawn panig.

'Alla' pethau fod yn waeth, Cein bach.'

'Yn waeth?'

'Mi allat fod hebddyn nhw.'

'Ffŵl i ti!' Ond roedd ei gŵr, erbyn hynny, allan o glyw.

Dechreuodd Ceinwen bawennu'r carped, yn ôl a blaen, fel anifail wedi'i gornelu. Un gwendid ym mhensaernïaeth y tŷ oedd na allai neb ffoi o'r stafell fyw am breifatrwydd y gegin heb groesi yn union o flaen y drws ffrynt.

Yn llewyrch y golau

diogelwch safai dyn tal, hynod o denau, a'i fraich dde yn dynn am y polyn a gynhaliai'r feranda.

'Haddod How . . .', ac ailddechrau'r frawddeg drachefn, 'Harold Howarth 'di'r enw,' ac am eiliad tybiodd Eilir fod rhywun newydd agor bragdy yn yr ardd ffrynt.

'Ia?'

'Bawd Wil Dim Cosi,' a dechreuodd y gŵr dieithr chwerthin am ben ei dafod tew ei hun. 'Brawd Wil Dim Thosgi. Reit?'

A hwn, felly, oedd brawd afradlon William Howarth! Un y clywodd y Gweinidog gymaint o sôn amdano ond nad oedd erioed wedi taro llygad arno o'r blaen.

''Dda gin i ych cyfarfod chi,' ac estynnodd y Gweinidog ei fraich allan iddo gael ysgwyd llaw.

Wedi eiliad o ymgynghori hefo'r feranda, gadawodd Harold Howarth ddiogelwch y polyn a chofleidio'r Gweinidog – mwy neu lai, 'Wps-a-desi!'

'Gwyliwch wir, rhag ofn i chi ga'l damwain.'

Wedi'r ysgwyd llaw, sobrodd yr ymwelydd beth, a gofyn yn ddifrifol, 'Fedra' i ga'l gair heddo chi, fawd . . . m . . . frawd? Yn breifat?'

'Dowch i mewn 'ta.'

'Diolch.'

Pan welodd Harold Howarth wraig y Gweinidog yn ei phyjamas, yn hanner cuddio tu cefn i'r setî, safodd ar hanner cam a mwmian yn edmygus, 'M!'

'Brawd Mistyr William Howarth ydi'r dyn yma, Ceinwen,' eglurodd Eilir yn frysiog, rhag ofn i bethau fynd yn dân yno.

'O ia. Sudach chi?'

''Niawn . . . thenciw . . . M!' a chydiodd Ceinwen yn dynnach fyth yn y setî. ''Di dŵad yn ôl 'dw i . . . o'dd wddad well . . . y . . . wlad bell.'

'Felly!' atebodd Ceinwen

'O wlad y moch a'r pibau.' Yna, ceisiodd gywiro'i hun a mynd i fwy o dwll fyth, 'O wddad y soch a'r sibau. Reit?'

'Well i chi ista, Mistyr Howarth,' cymhellodd y Gweinidog wrth weld yr ymwelydd yn simsanu'n beryglus, 'rhag ofn i chi syrthio, a brifo'ch hun'.

'Ia wir,' eiliodd Ceinwen gan bwyntio at y gadair bellaf oddi wrthi. Wedi cau un llygad, mesurodd Harold filltir hir at y gadair agosaf i law a mentro llwybr dafad i'r cyfeiriad. Drwy ryw ryfedd wyrth disgynnodd yn daclus rhwng y breichiau agored.

Un o gasbethau Ceinwen oedd dyn meddw, yn arbennig un nwydwyllt fel hwn, ond penderfynodd ymddwyn mor Gristnogol â phosibl, 'Gym'wch chi banad hefo ni, Mistyr Howarth? Cyn 'mod i'n mynd i 'ngwely.'

'M!' ebe Harold, wedyn, yn awgrymog, gan daflu winc anweddus i'w chyfeiriad, ''Tatha gin i byjamas, cariad, 'sa ddim gin i ddŵad yno heddo chi.'

O adnabod ei wraig, ofnodd Eilir i'r llin droi'n fflam ond llwyddodd Ceinwen i fygu'i theimladau'n rhyfeddol. Holodd yn ddigon sifil, 'Te 'ta coffi gy'mwch chi, Mistyr Howarth?'

'Toffi, siwgr.'

'Coffi 'dach chi'n feddwl?'

'Dyna seudis i 'te.'

'Reit. Mi a' i' 'neud o rŵan. '

'A hwnnw mor ddu â sinc.'

'Y?'

'Mor su ag . . . inc. Thenciw'.

Wedi derbyn yr archeb, cychwynnodd Ceinwen am y gegin nerth ei charnau ond nid cyn i'r ymwelydd hanner nos ei mesur hi â'i lygaid unwaith yn rhagor a mwmian, 'M!'

Pan ddaeth Ceinwen yn ôl gyda dau fwg o goffi roedd hi

wedi lapio'i hun yn foesol ddiogel mewn gŵn nos dew, un laes at ei thraed, a honno wedi'i botymu i fyny at ei gen. Ond fel roedd hi'n rowndio'r setî, dechreuodd Harold Howarth hymian un o ganeuon maswedd y dyddiau fu. '*She'll be wearing silk pyjamas, when she comes, when she comes . . . She'll be . . .*'

Sodrodd Ceinwen bâr o lygaid llymion arno a thagwyd y gân ar hanner nodyn.

Wedi i Ceinwen ymadael i ddiogelwch ei gwely cymerodd yr ymwelydd oes Adda i ddod at ei neges. Yn groes i'w ewyllys, rhoddodd y Gweinidog ganiatâd iddo gael un smôc gan obeithio y byddai hynny'n prysuro pethau. Cafodd Harold gryn frwydr i gael sigarét i'r bwlch a oedd rhwng ei wefusau yn hytrach nag i dwll ei glust. Wedi llwyddo yn hynny o beth, cafodd frwydr bellach i gael blaen y sigarét i fflam y leitr – pendiliai'r golau yn ôl a blaen fel llusern ar fast sgwner ar noson stormus. O'r diwedd cafodd dân.

O graffu arno, 'doedd yna ddim llawer o greithiau y wlad bell ar wyneb Harold Howarth. Hwyrach ei fod fymryn yn drwyngoch ond roedd ganddo wyneb hardd a chrop o wallt gwyn cyrliog yn disgyn yn ôl dros ei goler. Y dillad a wisgai, hwyrach, a fradychai'i orffennol: hen gôt uchaf ddu yn dechrau cochi, trowsus streipen fain yn cyrraedd ddim is na thopia'i sanau a sgarff sidan gwyn wedi'i lapio'n dynn o amgylch ei wddw fel pe i guddio pechodau lawer. Yn ogystal, roedd o mor denau â brân ar dywydd caled.

Wedi yfed y coffi, a hynny ar ei dalcen, daeth Harold i lefaru'n llai myngus; aeth ati i adrodd rhan o stori'i fywyd a chadarnhau rhai pethau a glywodd y Gweinidog oddi ar wefusau teuluoedd a dderbyniodd filiau claddu go drwm – naill ai gan William Howarth, brawd Harold, neu yn nyddiau'u tad. *Robert Howarth a'i Feibion – Ymgymerwyr* oedd enw'r ffyrm ar y dechrau a'r ieuengaf o'r ddau fab, Harold, yn llawer mwy derbyniol yng ngolwg y cyhoedd na'i frawd na'i dad hyd nes iddo fynd fymryn yn esgeulus a dechrau hel merched a hel diod, yn hytrach na hel arian.

Ond pan aeth y Gweinidog ati i'w groesholi am y blynyddoedd coll, tawedog iawn oedd Harold. Yr unig gath a ollyngodd o'i chwd oedd awgrymu mai yn Rotherham roedd ei gartref olaf a bod ganddo yno fusnes llewyrchus iawn yn trefnu 'angladdau trwy'r post' ar gyfer cwsmeriaid ledled Prydain. Ond go brin bod honno'n gath a oedd yn medru nofio.

O wrando, teimlai'r Gweinidog mai'r un stori oedd hi â'r ddameg yn y Testament Newydd: Robert Howarth – Robin Llechan Las fel y'i gelwid – yn rhannu'i dda rhwng y ddau yn ddigon cyfartal ond y mab ieuengaf, Harold, yn 'cymryd ei daith i wlad bell' ac yn 'byw yn afradlon.' Y diweddglo oedd yn wahanol. Pan gyrhaeddodd Harold dŷ ei dad y noson flaenorol – 'Tros Amser', cartref William ac Anemone Howarth erbyn hyn – 'doedd yna'r un arwydd bod yna 'lo pasgedig' yn cael ei rostio ar ei gyfer, na 'sŵn cerddoriaeth a dawnsio', dim ond Anemone yn rhythu arno drwy hafn gul yn y bleind Fenis â digon o wenwyn yn ei gwedd i wywo blodyn plastig. Ond i fod yn deg â'r Howarthiaid, 'doedd yna, ychwaith, ddim arwyddion amlwg fod y mab ieuengaf 'wedi dod ato'i hun'.

Wedi llwyddo i godi ar ei draed unwaith eto, ond yn dal yn ddigon simsan, daeth Harold at bwrpas ei ymweliad â'r Mans berfeddion nos. Ei fwriad, meddai, oedd sefydlu 'busnas claddu' arall ym Mhorth yr Aur yn oposisiwn i'w frawd. Cafodd y Gweinidog gryn sioc o glywed hynny.

Gydag ymdrech, llwyddodd Harold i gael ei draed dano unwaith eto, a pharatôdd i ymadael.

'Mi hoffwn i, fawd . . . flawd . . . 'ta ni'n ca'l claddu heddo'n gilydd.'

'Y?'

'Ca'l claddu'r un plyd â'n gilydd.'

'Mi wn i be' s'gynnoch chi mewn meddwl.'

'Thenciw.'

'Ac mi rydach chi'n sicr o'ch llwybr, Mistyr Howarth? Yn meddwl dechrau busnas, yma ym Mhorth yr Aur.'

Caeodd Harold un llygad a mesur ei ffordd at y drws, 'Yn sicrach lawar nag o be' sy' o 'mddaen i . . . o fadd'ma i'r dlws.'

'Wel os hynny, fedra' i ddim deud 'na'. Edrychodd Harold Howarth arno â'i lygaid gwlybion, blinedig, yn methu â chredu'i glustiau'i hun. 'Cyn bellad mai dyna fydd dewis y teulu a bod y cyfan yn ca'l ei drefnu yn daclus ac mewn pryd.'

Wrth simsanu'i ffordd heibio'r grat disgynnodd Harold Howarth ar wddw'r Gweinidog – nes bygwth taflu hwnnw oddi ar ei draed – a'i gofleidio yn y dull Dwyreiniol i fynegi'i werthfawrogiad. Cafodd Eilir gryn drafferth i ymryddhau o'r cwlwm cyfeillgarwch.

Wedi cyrraedd at y drws ffrynt, a hithau'n tynnu at un o'r gloch y bore erbyn hynny, mynnai Harold droi i gyfeiriad y grisiau a arweiniai i'r llofftydd.

'M!'

'Ffordd yma, Mistyr Howarth. I'r chwith, ylwch.'

'Meddwl 'swn i'n mynd i'r thofft.'

'I'r llofft?'

'I ddiolch am y toffi.'

'Ylwch, mi garia' i y negas i Ceinwen. Ma'n debyg y bydd hi ym mreichiau cwsg erbyn hyn.' Estynnodd Harold ei freichiau ymlaen a chogio ymgofleidio i arwyddo yr hoffai newid lle gyda 'cwsg'.

'M!'

'Well i chi'i throi hi rŵan. Ma' hi'n mynd yn hwyr.'

Cyn ymadael mynnodd Harold serenadio gwraig y Gweinidog unwaith yn rhagor, ond o droed y grisiau'r tro hwn, '*She'll be wearing silk pyjamas, when she comes, when she comes . . . She'll be . . .*'

Bu raid i Eilir roi llaw dros ei geg a'i droi i gyfeiriad arall i osgoi rhagor o helynt.

Wedi cofleidio polyn y feranda unwaith neu ddwy, rhwyfodd Harold Howarth ei ffordd at y llidiart a arweiniai i'r ffordd fawr ar fôr pur dymhestlog.

'Nos da, Mistyr Howarth,' sibrydodd y Gweinidog.

'*She'll be wearing . . .*'

Caeodd Eilir y drws ffrynt mor gyflym â phosibl a'i gwadnu hi am y llofft.

* * *

'Cein, 'ti'n effro?' a gwthio'i ben heibio post drws y llofft a chamu i'r hanner gwyll.

'Mi ydw' i rŵan, wedi i'r trwbadŵr meddw 'na fy serenadu i am y trydydd tro. 'Doedd gin i ddim llai nag ofn iddo fo neidio i'r gwely ata' i.'

'Mi fydda' wedi g'neud hynny oni bai i mi droi'i ben o at y drws ffrynt a'i wthio fo dros y trothwy.'

'Ydi o wedi mynd?'

'Ydi.' O bellter y ffordd fawr, cododd sŵn rhywun yn melltithio. 'Y . . . nag'di.'

Cerddodd Eilir at y ffenest i sbecian rhwng yr agoriad yn y llenni. Yn union gyferbyn â llidiart ffrynt y Mans roedd yna gerbyd, hen a bregus iawn yr olwg, ag un olwyn flaen wedi dringo i'r palmant.

'Ma' gynno fo gar, Ceinwen.'

'Sut gar?'

'Croes rhwng bws-mini a hers 'swn i'n ddeud.'

''Dydi o 'rioed yn mynd i ddreifio? Yn y cyflwr yna.'

'Ydi, mae'n debyg. 'Tasa fo'n medru agor y drws i fynd i mewn.'

''Dydi o ddim mewn stad i wthio berfa heb sôn am yrru car.'

'E'lla bydda' gwthio berfa yn anos fyth iddo fo.'

Cododd melltith arall o'r palmant, a llithrodd Ceinwen o'i gwely i sbecian dros ysgwydd ei gŵr. Erbyn hynny, roedd Harold Howarth wedi tanio'i leitr, er mwyn medru gweld yn well, ond y drwg oedd ei fod yn mynnu rhoi fflam y leitr yn y twll clo a rhoi allwedd y car wrth flaen ei sigarét mewn ymdrech i gael tân arni.

'Fasa' dim gwell i ti hysbysu'r heddlu, Eil?'

'Fel y gwyddost ti, Ceinwen, ma'n gas gin i yrru neb i drybini. A pheth arall, mi fydd Llew Traed yn dal yn y 'Fleece'. A phwy arall fydd ar gael?'

'Dy groen di fydd ar y parad os ceith o'i ddal yn gyrru wedi bod yn yfad. Mi 'dw i yn mynd nôl i 'ngwely, beth bynnag.'

'Sut bydd fy nghroen i ar y parad?'

'Fel un yn cefnogi'r drosedd 'te.'

'Be' 'ti'n feddwl?'

'Mi ddeudith yn y llys, ma'n debyg, ma' yma hefo ti y buo fo'n slotian a dy fod ti wedi'i ddanfon at y car yn y cyflwr roedd o. Nos dawch.'

'Be? . . . Nos dawch 'ta.'

Wedi sawl ymdrech i roi drws y car ar dân sylweddolodd Harold Howarth ei gamgymeriad. Wedi newid techneg, llwyddodd i agor y drws a thanio'i sigarét.

Rhag ofn fod ymresymeg Ceinwen yn gywir, penderfynodd Eilir beidio â gwylio rhagor, caeodd y llenni a mynd ati i ddadwisgo. Am rai munudau ni bu siw na miw o gyfeiriad y ffordd fawr: Harold, mae'n debyg, yn mynnu tanio'r cerbyd unwaith eto, hefo blaen ei sigarét.

Pan oedd y Gweinidog yn camu i'r gwely clywodd yr hanner-hers yn ôl-danio'n ffyrnig, sawl tro, cyn i'r injian ddechrau troi'n swnllyd ac anwastad. Wedi sawl protest o du'r gerbocs, llwyddodd Harold i ramio'r peiriant i ryw gêr neu'i gilydd a chychwyn ymaith mor swnllyd â jet yn gadael maes awyr.

Wedi rhyferthwy'r noson, cafodd Eilir drafferth i syrthio i gysgu. Ond cyn bo hir syrthiodd i drwmgwsg a llithro i freuddwydio'n anniddig. Yn ei freuddwyd gwelai Harold Howarth, mewn gwisg Ddwyreiniol, yn marchogaeth ar gefn camel a'r camel hwnnw'n llusgo hers hynafol o'i ôl – y mab afradlon, mae'n debyg, mewn delwedd gyfoes, yn dychwelyd o'r wlad bell. Daeth y camel yn nes, ac yn nes, nes troi'n wyneb i gyd. Yna, cyrliodd ei wefus uchaf yn filain – fel y gall camelod wneud – a dangos i'r Gweinidog res o ddannedd melyn, afiach, seis drws llofft. Yn ei hunllef, rhoddodd y Gweinidog ddwy roch uchel nes dihuno Ceinwen o'i chwsg. Am ei bechod, cafodd ddau bwniad yn ei ais. Trodd yntau ar ei ochr a chysgu'n esmwyth hyd y bore.

*   *   *

Drannoeth tarodd y Gweinidog ar Jac Black tu allan i'w gartref yn Llanw'r Môr yn golchi'r hers.

'C'nebrwng arall, Jac?'

'Ddim hyd y gwn i.'

'Gweld chi'n golchi'r hers.'

'O! Dyna oedd gynnoch chi mewn golwg?'

'Ia.'

'Na, Howarth o'dd wedi clywad yn rwla bod yr hen Elsi Rogers, 'Galwch Eto', wedi ca'l mymryn o gur pen ac ofn ca'l 'i ddal ac yntau ddim yn barod. Ac mi ofynnodd i mi faswn i'n golchi'r hers – rhag ofn.'

Yr hen Elsi Rogers oedd siopwraig hynaf Porth yr Aur, y finiocaf ei thafod, a'r gyfoethocaf yn ôl pob sôn – un a fedrai werthu tywod i Arab a'i berswadio i'w brynu'n rhydd er mwyn iddi gael arbed talu am fagiau. Os buo yna ogof Aladin erioed, 'Siop Galwch Eto' oedd honno – yn agored haf a gaeaf, hyd yn oed ar ddydd Dolig. Roedd yno 'drugareddau fil' ac Elsi'n 'sgythru'n anwydog yng nghanol yr holl geriach, beth bynnag y tywydd; hen anorac fudr dros ei hysgwyddau, sbectol golwg byr ar flaen eithaf ei thrwyn a phâr o fenig gwau heb fysedd am ei dwylo a blaenau'i bysedd hi, serch y menig, yn biws gan oerni.

'Heblaw criwtio 'neith hi eto,' ebe Jac yn siriol, 'fel bob tro o'r blaen.'

'Wel, gobeithio wir.'

Dechreuodd Jac Black bysgota, 'Ond hwyrach y medar hi ga'l rywun fasa'n claddu'n rhatach iddi.'

Llyncodd y Gweinidog y wialen, y lein a'r abwyd, ''Dach chithau, felly, wedi taro ar Harold Howarth.'

'Taro arno fo?' holodd Jac yn ffyrnig. ''Dydi o ddim wedi gada'l fy ochor ers y dydd y da'th o'n ôl o'r wlad bell. 'Dydan ni'n dau mor glos â 'thasan ni wedi'n magu ar yr un deth.'

O glywed y sylw teimlodd y Gweinidog ei hun yn oeri. Robin Llechan Las – tad William a Harold – yn ôl y Gofrestr Genedigaethau a oedd ym meddiant John Wyn oedd y saethwr di-drwydded hwnnw a fu gyda Gwen Black, mam Jac, tu ôl i'r cwt band amser rhyfel.

''Doedd o acw hefo ni yn y 'Fleece', neithiwr ddwytha, yn codi canu.'

'Harold, felly?'

'Ia siŵr.'

'Mi ganodd pan oedd o acw hefo ni, nos Sadwrn,' eglurodd y Gweinidog, 'yn gofyn a fyddwn i'n fodlon cydweithio hefo fo.'

'Be' ganodd o?' holodd Jac yn obeithiol. 'Emynau?'

'*She'll be coming round the mountain.*'

'Roedd o'n weddol sobor felly.'

'Nagoedd. Be' fydd o'n ganu 'ta pan fydd o wedi meddwi mwy? Os ydi cyflwr felly'n bosib'?'

'Leciwn i ddim deud wrthach chi. Wrth ych bod chi'n brygethwr.'

Penderfynodd Eilir nad oedd ganddo ragor o amser i wrando ar Jac Black yn brygawthan ac y dylai fynd ymlaen â'i waith. Eto, roedd o'n awyddus i wybod, cyn ymadael, beth fu tynged Harold Howarth wedi'i ymweliad meddw â'r Mans.

'Peidiwch â gadael i mi'ch dal chi, Jac, a chithau ar ganol golchi'r hers.'

''S'dim isio i chi boeni dim am hynny. Gin i, fel chithau,' gan roi'r Gweinidog yn yr un cwch ag ef ei hun, 'fwy na digon o amsar i' wastio.'

'Be' ydi amgylchiadau Mistyr Harold Howarth erbyn hyn? Ma'r wraig a minnau wedi bod yn pryderu llawar yn 'i gylch o. Finnau wedi'i droi o dros trothwy ac yntau'n feddw, ac yn gyrru car. 'Sgin i ond gobeithio bod gynno fo wely yn rwla.'

'Gwely ddeutsoch chi?'

'Ia.'

'Oes nen tad, a chystal cwmni o dan y blancad ag oes gynnoch chithau . . . os nad gwell, a deud gwir!'

'Ble felly ma'i wely o?' holodd y Gweinidog yn ddifeddwl ddrwg.

Gyda chadach gwlyb yn ei law cyfeiriodd Jac Black lygad y Gweinidog at adeilad uchel a oedd i'w weld dros doeau isel rhes tai Llanw'r Môr a'r geiriau *Lingerie Womenswear* mewn llythrennau bras ar ei dalcen, 'Welwch chi'r bilding gwerthu dillad 'cw?'

'Gwela'. Y *Lingerie.*'

'Na, na. Y nyth dryw 'na sy'n sownd wrth 'i ochor o.'

Cafodd y Gweinidog drafferth, am eiliad, i ddeall at ba adeilad roedd Jac yn ei gyfeirio. 'Pa adeilad?'

'Diawl, hwnna hefo'r cyrtan coch yn 'i ffenast llofft o.'

'O! Cyfeirio at 'The Nook' 'dach chi?'

'Ia. Ond nyth dryw fydda' i yn galw'r lle.'

'Fflat Musus Lightfoot.'

'Ia siŵr. Hi 'di'r dryw, ylwch.'

'Bobol! Yn fan'na mae o'n aros?' holodd y Gweinidog a'i ddychymyg yn drên.

'Fan'na mae o'n cysgu . . . Faint bynnag o gwsg geith yr hen dlawd.' O weld y Gweinidog yn cael ei gywilyddio, dechreuodd Jac Black droi mwy ar ei lwy bren, 'Diawl, mi ddyla' chi, o bawb, gofio'r gwely. Un sy'no!'

'Felly ro'n i'n dallt.'

'Ydach chi ddim yn cofio'ch pen-Blaenor chi, yr hen Derlwyn Hughes – o barchus goffadwriaeth,' a thynnodd Jac ei gap-pig-llongwr oddi am ei ben, am eiliad, fel petai o'n dal mewn profedigaeth, ''dach chi dim yn 'i gofio fo'n colli'i wynt ar yr union fatras?'

Roedd yn gas gan Eilir glywed neb yn ymyrryd ag esgyrn y marw, yn arbennig un a fu farw o dan amgylchiadau mor anffodus i'w weddw ac i'r capel. Derlwyn oedd un o gyfreithwyr parchusaf Porth yr Aur, wedi bod yn faer y dref fwy nag unwaith, ac yn ben a chalon i Gapel y Cei.

'Diawl, os 'dw i'n cofio'n iawn, ddaru chi roi hand i Howarth a finnau i' folchi o.'

'Do's gin i ddim co' am hynny.'

'Ta waeth, ma'r wên honno o'dd ar 'i wynab o,' ebe Jac yn

crafu at yr asgwrn, 'ma' honno'n dal hefo mi o hyd.'

'A fa'na ma'i wely o,' ebe'r Gweinidog gan ysgwyd ei ben i arwyddo'i dristwch.

'Ia, yn y gwely trap llygod 'na s'gin yr hen Dwynwen.'

'Mi'ch gadawa' i chi rŵan, Jac. Mi gawn ni weld ein gilydd eto,' a chychwynnodd y Gweinidog ymaith, lech ei lwyn, wedi'i sobreiddio gan y sgwrs.

Wedi i Eilir gerdded ychydig gamau dyma Jac Black yn gweiddi ar ei ôl, ''S'gin i ond gobeithio na 'neith y trap ddim cau ar Harold, fel y g'nath o ar yr hen Derlwyn!'

Penderfynodd y Gweinidog beidio ag 'ateb yr ynfyd yn ôl ei ynfydrwydd', chwedl y Beibl, a cherddodd yn ei flaen. Oedd, roedd yna fwy o oglau moch y wlad bell ar Harold Howarth nag oedd o wedi'i feddwl. Dyna fo, hwyrach ei bod hi'n well ei fod o'n cysgu mewn gwely ail law na'i fod heb wely o gwbl.

*　*　*

'Ga' i ddwy stêc o'r samon ffres 'na, os gwelwch chi'n dda?'

'Cewch tad, faint fynnoch chi.'

'Fydd dwy yn ddigon, diolch.'

Cydiodd Dora, 'Siop Glywsoch Chi Hon', yn y gyllell agor pysgod a darn-gario'r samon a'r gyllell i'r slab. 'Biti am Howarth, Mistyr Thomas.'

'Harold?'

'Nage, y llall.'

'William Howarth?'

'Ia, hwnnw. Er na fuo dda gin i mo'no fo 'rioed, er pan oeddan ni'n blant. Mi fydda' Harold yn barod iawn i chwarae tŷ bach hefo ni'r genod.'

'Synnu dim,' ebe'r Gweinidog wrtho'i hun.

'Ond am 'i frawd o, Wil Baw Mul fel y byddan ni'n 'i alw fo, isio chwarae c'nebrwng bydda' hwnnw pan oedd o'n ddim o beth,' a rhoi dwy ergyd front i'r eog marw.

'Wela' i.'

'Ylwch, Mistyr Thomas, wedi i mi dorri'i ben a'i gynffon o 'dydi o fawr o dama'd. Mi fedrwch i f'yta fo'n hawdd dros dridiau. A'r un faint y pwys ydi darn mawr a darn bach.'

'Ia, debyg.' Ond yn cael trafferth i weld pa fantais iddo oedd hynny.

'Liciwch i mi dynnu'i berfadd o i chi?'

'Fydda' hynny'n fendith,' atebodd y Gweinidog gan dybio y byddai'r gymwynas o leiaf yn peri i'r bil edrych yn llai.

Wedi i'r Gweinidog dalu am y lefiathan, pwysodd Dora dros y cownter yn ei barclod plastig. 'Fel ro'n i'n deud gynna, ma'n ddrwg gin i am Howarth, serch hynny.'

'Be' sy' wedi digwydd iddo fo?'

'Be' sy'n debyg o ddigwydd, dyna'r wyri mawr. 'Dydi o'n edrach fel 'tasa fo'n b'yta gwellt 'i wely, Mistyr Thomas bach, a ninnau'n gw'bod 'i fod o'n byw yn fras. 'Dach chi ddim wedi sylwi?'

'Ddim yn arbennig.'

'Dydi o'n cerddad y strydoedd 'ma â'i gynffon rhwng ei afl, fel ci wedi colli'i asgwrn.'

'Wel, 'dydw i ddim wedi sylwi yn arbennig.'

'Ma' fy chwaer a finnau wedi dal sylw ar y peth. Er na fydd o byth yn rhoi'i draed dros drothwy'n siop ni. Ma' Anemone a fynta'n ca'l 'u pysgod drwy'r post.'

Er nad oedd yn llawer callach ynglŷn ag anhwylder William Howarth na pha dramgwydd a ddaeth ar draws ei lwybr teimlodd Eilir ei bod hi'n bryd iddo'i throi hi, ''S'gin i ond diolch i chi, Doris,' a rhagrithio.

'Dora ydw' i.'

''Ddrwg gin i.'

'*Delicatessen* ydi Doris,' a phwyntio'r gyllell agor pysgod ar draws llawr y siop i gyfeiriad y cownter cig oer. Wedi blynyddoedd o brynu pysgod a chig oer 'doedd Eilir byth yn siŵr p'run oedd p'run.

*　　*　　*

''Dydi hi'n fora bach *beautiful*, Mistyr Thomas,' a thaflodd Cecil frat amryliw dros y Gweinidog rhag i'r blew gwallt syrthio rhwng ei grys a'i groen.

'Ydi, ma' hi'n fora iachus.'

'*Come again*, cariad. *Cymraeg S Four C* s'gin i, *I'm afraid.*'

'Cytuno ro'n i, 'i bod hi'n fora braf, yn fora iachus.'

'Rhaid i mi gofio hwnna,' ac aeth Cecil yn ddramatig ynglŷn â'r peth. Cerddodd o amgylch ei barlwr a'i ddwylo'i fyny, 'Bora da, Miss Lloyd. *Good morning*. 'Dydi hi'n fora iacus.'

'Iachus!'

'*That's the one.*'

Ar ei ffordd adref yn cario'r pysgodyn penderfynodd y Gweinidog alw yn y Siswrn Cecil *Scissors* i gael torri'i wallt. Cafodd gryn groeso gan y perchennog a ddawnsiai'n ysgafndroed rhwng y parlwr torri gwalltiau a'r Tebot Pinc – y parlwr coffi roedd o wedi'i agor.

'Wel dyma ydi sypreis neis. 'Y Ngweinidog annw'l wedi troi i mewn. Sudach chi, siwgr?' er mawr ddifyrrwch i'r harîm o ferched peintiedig a'i cynorthwyai.

'Sudach chi, Cecil?'

'*Wacked*, cariad. Sgiws *the word*. *Take a pew*. Mi ddo' i atach chi *in a jiffy*,' a phicio, am eiliad, i'r Tebot Pinc i roi ordors i hwn ac arall.

Cyn bo hir dychwelodd Cecil a mynd at y gwaith o dorri gwallt. 'Be' fydd hi tro yma, Mistyr Thomas? Y *wet*' ta'r *ruffle look*? Ma' *fuzz* yn bosib' *of course*.'

153

'Yr un o'r tri. Mor hen ffasiwn â phosibl, Cecil, os gwelwch chi'n dda,' gan gofio iddo gael y *ruffle* hwnnw, unwaith o'r blaen, ac i'w wraig ei hun ei basio ar y stryd heb ei adnabod.

'Ych dewis chi ydi o, cariad,' atebodd Cecil, fymryn yn siomedig.

'Diolch.'

'Jasmine, *dear*, pasia'r *detangler* i mi,' gwaeddodd Cecil ar ryw ferch â chymaint o bowdwr a phaent ar ei hwyneb a phetai hi'n hwch wedi bod yn tyrchu mewn ffatri mêc-yp. 'Ma' gwallt 'y Ngweinidog annwyl i fel nyth Jac do, a'r Jac hwnnw hefo un llygad.'

Daeth y ferch â photelaid o rywbeth afiach yr olwg i Cecil a dechreuodd yntau rwbio peth o'r cynnwys i wallt y Gweinidog gyda ffyrnigrwydd mawr. Yna, plygodd ei ben at glust Eilir a holi'n hanner direidus, 'Yfo be' fyddwch chi'n partio'ch gwallt, cariad? Hefo rhaw?'

'Na, crib,' atebodd hwnnw unwaith y cafodd ei wynt ato wedi i'r persawr a ddaeth i ganlyn pen Cecil glirio.

Bu'r crefftwr wrth ei waith am rai eiliadau; bysedd meinion, modrwyog yn cydio mewn cudyn o wallt ag un llaw ac yn ei sisyrnu â'r llaw arall. Yna, cododd Cecil ei ben a ffroeni'r awyr fel llwynoges yn codi trywydd. 'Sgiwsiwch fi'n gofyn, siwgr, ond . . . m . . . 'dach chi ddim wedi digwydd gollwng gwynt?'

'Dim ond digon i mi fedru anadlu.'

'Pen arall, cariad.'

'Naddo wir,' pwysleisiodd y Gweinidog, wedi cymryd ato braidd, 'dim pwff.'

'*I'd swea*r bod rywun wedi g'neud a'i fod o wedi ca'l *fish* i frecwast.' Dyna'r foment y cofiodd Eilir am yr eog wrth ei droed. 'Ma' hwn gin i, yn fa'ma. Tama'd o samon i Ceinwen a finnau i ginio,' ac ymdrechu i blygu allan o'r brat a luchiwyd drosto.

Rhoddodd Cecil y crib a'r siswrn o'i law a stampio'i droed ar y llawr, 'Mistyr Thomas, cariad, *for shame*. Mi fydd wedi cwcio yn y lle poeth 'na. Ac ma' pobol *health and safety* yn gymaint o *peeping Toms*. Dowch, mi rho' i o yn y ffridj i chi.'

'Ond, Cecil! Dau eiliad fydda' i . . . '

Pan oedd Cecil wedi dychwelyd ac ar fin darfod y gwaith, mentrodd y Gweinidog holi, ar ddiarth, i geisio cael gwybod rhywbeth yn ychwanegol am hynt a helynt William Howarth.

'Cecil.'

'*Yes?*'

'Be' ydi hanas Mistyr William Howarth y dyddiau yma?'

Distawodd clic y siswrn, 'Ac mi rydach chithau wedi gweld?'

'Gweld be'?'

'Gweld be' 'dach chi wedi'i weld, 'te cariad?'

'Ond 'dw i wedi gweld dim.'

'*Why ask* 'ta?'

'Wel . . . y . . .'

'*Silly boy*, Mistyr Thomas!'

Pan oedd y Gweinidog yn ceisio datglymu'i hun o'r cwlwm-gwlwm yr aeth iddo, pwy ddaeth i mewn i'r salon ond yr un y bu Cecil yn ei chyfarch ar ffurf drama: Miss Georgina Lloyd, High Meadows – Sion Dafyddes os y bu un erioed – ac un a anwybyddai weinidog ymneilltuol yn llwyr.

Gwerthodd Cecil ei 'weinidog annwyl' yn y fan – wedi'r cwbl, roedd Miss Lloyd yn cael cyrlio'i gwallt yno yn wythnosol a'r Gweinidog yn torri'i wallt, yn hen ffasiwn, bob deufis. Gwaeddodd am un o'i lawforynion a'i gorchymyn i gwblhau'r gwaith, 'Haley, cariad! *Carry on with the gel.* Ac mi geith Mistyr Thomas dalu wrth y cowntar.'

Ac yntau â'i ben i lawr o dan oruchwyliaeth y jél clywodd

Cecil Siswrn yn baldaruo, 'Bora da, Miss Lloyd! *Speak of the devil*,' a chwerthin. 'Bora iacus!'

'*Pardon?*'

Wrth groesi gyda chyrion yr Harbwr tarodd Eilir ar Meri Morris, Llawr Dyrnu, a hen gôt Sul amdani yn llwytho bagiau bwyd gwarrheg i drwmbal y pic-yp. Meri Morris oedd y mwyaf ymarferol o'r Blaenoriaid i gyd ac yn nabod y praidd yng Nghapel y Cei fel roedd hi'n nabod y preiddiau ar y ffarm. Fe fyddai hi'n sicr o fod yn gwybod pa brofedigaeth a ddaeth i ran William Howarth.

'Ga' i roi hand i chi, Meri Morris, hefo'r bagiau trwm 'na?'

''Newch chi ddim byd ond maeddu'ch dwylo, Mistyr Thomas bach.'

Cydiodd Meri yn nwy glust un o'r bagiau. 'Well i chi fagio cam neu ddau yn ôl, Mistyr Thomas, c'ofn i chi ga'l hergwd,' a chyda nerth dwy fôn braich lluchiodd Meri Morris un o'r bagiau, fel petai o'n baced o greision tatw, i drwmbal y pic-yp a hynny o gryn bellter. 'Lwc-owt, Mistyr Thomas, ma' 'na un arall yn dŵad!'

Wedi iddi luchio'r tomen bagiau i'r fan a sychu cledrau'i dwylo yn ei chôt, cafodd y Gweinidog gyfle i'w holi am yr Ymgymerwr.

'Chlywsoch chi ddim newydd am Howarth?'

'Newydd daro arno fo rŵan, Mistyr Thomas bach, yn llusgo cerddad ar draws yr Harbwr 'ma fel peg dillad. Ma' i ddillad o wedi mynd i hongian amdano fo. A welodd o mohona' i nes roeddan ni'n dau drwyn yn drwyn. 'Dydi hi'n arw ar y dyn, Mistyr Thomas?'

'Ia?'

'Ac mi fydda' William Howarth, fel y gwyddoch chi, fel pin mewn papur bob amsar.'

'Welis i 'rioed mohono fo ond felly.'

'Ond pnawn 'ma, ro'n i'n sylwi bod 'chydig o'r wy wedi ffrio gafodd o i frecwast yn dal ar 'i dei o.'

'Peth newydd i Howarth.'

'Ac mi roedd gwddw'i grys o yn llydan agorad, fel 'tai o'n llifo allan o glwb nos. Ond dyna fo, mi rydach chi wedi gweld y peth fel finnau.'

''Dydw i wedi gweld dim.'

''Dach chi'n tynnu 'nghoes i rŵan? Ma' pawb arall wedi sylwi ar y peth, am wn i.'

'Ond fi!'

Taflodd Meri Morris, Llawr Dyrnu, gip ar ei wats. ''Tasa gin i fwy o amsar mi fyddwn i'n medru manylu hefo chi. Ond os na chychwynna' i am adra fydd y gwarthaig 'cw yn starfio, a ma' hi bron yn amsar i'r gŵr a finnau fynd ati i odro. Ylwch, i ba gyfeiriad 'dach chi'n mynd?'

'Ar hyd yr Harbwr ac am adra.'

'Ewch adra ar hyd y Stryd Fawr.'

'O!'

'A phan ddowch chi at ffenast y *Lingerie* mi welwch be' s'gin i, a phawb arall, mewn golwg . . . Mi'ch gwela' i chi eto.'

Cyn pen eiliad roedd Meri Morris wedi dringo i gab y pic-yp, tanio'r peiriant diesel ac yn sgubo ymaith.

Pan gyrhaeddodd y Gweinidog y *Lingerie Womenswear* roedd yno hen ŵr, ar bwys ei ffon, yn rhythu i ffenest y siop fel pe byddai am fod yn gwsmer dillad merched.

'Doedd Eilir ddim yn gwybod ei enw, nac yn hollol sicr ymhle roedd ei gartref, ond roedd yn gwbl gyfarwydd â'i wyneb ac wedi'i weld, sawl tro, yn cerdded strydoedd y dref.

'Ma' hi'n dechrau oeri rŵan.'

'Ydi,' gan ddal i rythu ar boster mawr, lliw melyn, wedi'i

lythrennu mewn coch, yn ffenest y siop.

Y cwbl a welai'r Gweinidog, dros ysgwydd yr hen ŵr, oedd y brawddegau uchaf a oedd ar y poster: 'Angladdau Hanner Pris' a 'Dau Angladd am Bris Un i Bawb sy'n Marw o Fewn Deuddydd', a'r un cynigion, wedyn, yn Saesneg.

''Sgin i ond gobeithio,' ebe'r hen ŵr yn gwynfanus, wrtho'i hun, 'y bydd yr hen gloch yn galw'r hen wraig a finnau'r un pryd i'r hogyn 'cw ga'l rwbath ar'n holau ni.'

Wedi myfyrio ychydig yn hwy, trodd yr hen ŵr i ymadael. Cyn mynd, pwyntiodd gyda blaen ei ffon at y modelau plastig yn y ffenest, a'r rheini'n syspendars i gyd, a dweud yn ddigon beirniadol. ''Tydi merchaid yr oes yma wedi mynd i wisgo 'chydig . . . Bendith arnoch chi rŵan.' A gadael.

Roedd y poster am i bawb wybod bod 'Harold S. Howarth – mab y diweddar Robert H. Howarth, Tros Amser – yn agor busnes Trefnu Angladdau ym Mhorth yr Aur'. Yn dilyn, roedd cyfeiriad y busnes, sef 'The Nook', a rhif ffôn y *Lingerie Womenswear*. Sylwodd y Gweinidog fod Saesneg Harold yn gadarnach na'i Gymraeg – dylanwad Rotherham, mae'n debyg – yn arbennig felly yn y brawddegau clo. Er mwyn cystadlu â'i frawd – a elwid yn 'Wil Dim Llosgi', oherwydd ei wrthwynebiad i amlosgi – roedd o wedi gosod yn Saeneg: '*No Objection To Cremation*'; yr hyn a geid yn Gymraeg oedd: 'Yn Hapus i Losgi Pawb'.

Wrth graffu daeth Eilir i'r casgliad, naill ai bod Harold wedi sgwennu'r poster yn ei ddiod neu fod yr inc yn rhy denau; roedd y ddwy 'H' yn ei enw yn debycach i ddau erial deledu hen ffasiwn ac roedd amryw o'r llythrennau wedi rhedeg i'w gilydd.

Tra'n cerdded i fyny'r allt i gyfeiriad y Mans, y poster a'i gynnwys a oedd ar ei feddwl. Teimlai Eilir ei fod wedi gosod ei hun mewn congl hynod o gyfyng. Wedi'r cwbl, roedd

William Howarth yn Flaenor yng Nghapel y Cei a'r brawd hynaf oedd wedi cadw'r ffyrm ar fynd pan oedd Harold yn y wlad bell. Go brin, hefyd, fod poblogaeth Porth yr Aur yn ddigon mawr i gyfiawnhau dau ymgymerwr yn cystadlu am yr un farwolaeth – 'angladdau hanner pris' neu beidio – heb i un o'r ddau ohonynt fynd i'r wal. Ar y llaw arall, roedd hi'n wlad rydd a chan bob teulu hawl i ddewis yr ymgymerwr a fynnent a gwaith anodd i unrhyw weinidog fyddai dweud 'na' yn wyneb profedigaeth.

Wedi cyrraedd giât y tŷ cofiodd am yr eog. Teimlai mai dau ddewis a oedd ganddo: cerdded bob cam yn ôl i'r Tebot Pinc, a gwrando, unwaith eto, ar Cecil yn larmio neu fyw ar ddau sosej; penderfynodd ddewis y lleiaf o'r ddau ddrwg.

*　　*　　*

Pan gododd Harold Samuel Howarth yn y doc, y bore Gwener hwnnw, i ymateb i'w enw, roedd yna res lein ddillad o gyhuddiadau yn ei erbyn – rhai wedi'u cyflawni yn ystod ei arhosiad byr ym Mhorth yr Aur a'r gweddill wedi dal i fyny ag o ar ôl ei arhosiad cythryblus yn Rotherham. Fe'i disgrifiwyd fel un 'heb gyfeiriad sefydlog'. Cyn cyrraedd y Llys, un drosedd a oedd yn wybyddus i Eilir – gyrru cerbyd ac yntau'n feddw – ac ar gorn hwnnw y cafodd wŷs i ymddangos.

Ond wedi iddo sefyll i ymateb i'w enw a thyngu llw, cafodd Harold ei gyhuddo o sawl cam gwag arall: bod heb na thrwydded nac yswiriant; bwrw'r hanner-hers yn erbyn clawdd carreg Bethabara View, ganol nos, nes bod gan William Thomas well fiw o Bethabara na fu ganddo erioed o'r blaen; yn ticio drosodd o ddyddiau Rotherham roedd yna gyhuddiadau yn ei erbyn o fân ladrata ac, yn fwy difrifol na'r gweddill, gwrthod talu am fagu gefeilliaid i wraig o Jamaica a honnai mai Harold oedd eu tad. Roedd yr ymfudwraig o

Jamaica – cymanfa o ddynes – wedi teithio yno bob cam o Rotherham, a'r gefeilliaid i'w chanlyn, i geisio dadlau'i cham. O edrych ar liw croen y ddau berl, seithmlwydd, roedd hi'n anodd credu i Harold fod o fewn canllath iddi.

O glywed y fath restr o droseddau honedig aeth Harold yn arwr yng ngolwg mynychwyr y 'Fleece' a eisteddai ar y galeri. Cododd Speici Lewis, y cyn-resler, beint dychmygol i'r awyr i ddymuno 'iechyd da' i'r 'Al Capone' a oedd wedi codi o'u plith. Fe'i dilynwyd gan amryw. Camodd Llew Traed ymlaen i'w rhybuddio – er y byddai'n well ganddo fod yn eu mysg – ond yr unig ymateb a gafodd oedd gweld gweddill yr hogiau yn yfed peintiau dychmygol ar eu talcennau.

'Ydach chi, Mistyr Thomas, yn ystyried eich hun yn bregethwr sobr?' holodd y Cyfreithiwr.

'Matar i arall farnu ydi hynny,' atebodd y Gweinidog gan fwrw'r gŵr ifanc yn ôl ar ei sodlau.

Porthodd hogia'r 'Fleece' y sylw, yn falch o weld bod gan hyd yn oed weinidog fymryn o asgwrn cefn pan oedd angen peth felly.

'Ga' i eich atgoffa chi, Mistyr Thomas, eich bod chi yma fel tyst. Nid fel gweinidog. I ateb y cwestiynau y bydda' i yn gweld yn dda i'w gofyn. Nid i foesoli. Felly, atebwch fy nghwestiwn i.'

'Wel, os ma' gofyn ydw' i yn ystyried fy hun yn ddyn sobr ydach chi. Ydw'!'

Un peth a glwyfai Eilir oedd mai un o 'blant y Capel Sinc' oedd y Cyfreithiwr – mab i chwaer Oli Paent – a bellach roedd y llipryn ifanc yn ei drafod fel dieithryn a throseddwr.

'Ac mi rydach chi, Mistyr Thomas, yn ystyried eich hun yn gyfaill agos i'r diffynnydd, i Mistyr Harold … m …' a chraffu ar ei nodiadau, 'Harold Samuel Howarth?'

'Nag ydw.'

Ceisiodd y Cyfreithiwr roi'r argraff i'r Llys fod hynny'n syndod o'r mwyaf iddo; gofynnodd yr un cwestiwn, eilwaith, i awgrymu'r posibilrwydd lleiaf iddo gam glywed. Cafodd yr un ateb.

'Ro'n i o dan yr argraff,' a chyfarch y Fainc, 'bod y tyst hwn yn Weinidog yr Efengyl! Ac os gwnewch chi faddau un sylw personol, foneddigion a boneddigesau, mi clywais i o'n deud o bulpud – pan oeddwn i yn ystyried fy hun yn addolwr a chyn fy mod i wedi gweld drwy bethau – y dylai pawb ohonom fod yn gyfaill pechaduriaid. I feddwl bod yna ddyn, sy'n honni bod yn weinidog yr Efengyl, yn amharod i'w ystyried ei hun yn gyfaill i un fel y diffynnydd – un 'heb gyfeiriad sefydlog', 'un a gurwyd mewn tymhestloedd', un a dalodd ymweliad cymdogol ag o, hyd yn oed yn ei ddiod.'

Peth arall a glwyfai'r Gweinidog, oedd ymateb y fainc. Roedd o'n gynefin iawn â'r tri ohonyn nhw: Elisabeth Ambrose, gwraig unfed awr ar ddeg John Wyn, Ysgrifennydd yr eglwys; Cliff Pwmp, un y prynodd sawl car oddi ar ei law, a'r Cadeirydd, yr hen Canon Puw, a gyfarfyddai'n fisol yng Nghylch y Gweinidogion. Gwgai Cliff Pwmp ac Elisabeth Ambrose arno, fel pe byddai yntau o flaen ei well, ond roedd y Canon, yn ôl ei arfer, yn pendwmpian cysgu a gwlithyn o'r annwyd tragwyddol hwnnw'n hongian ar flaen eithaf ei drwyn – fel tap yn gollwng dim, ac eto'n gollwng.

Ymddangosiad Jac Black yn y doc a darfodd y colomennod. Fe'i gwysiwyd i ymddangos fel cyd-deithiwr gyda Harold yn ei hers pan chwalwyd wal gerrig William Thomas, Bethabara View. Roedd y Cyfreithiwr ifanc yn awyddus i wasgu allan o Jac Black beth yn union oedd cyflwr Harold Howarth yn gadael y 'Fleece' a sut yn union y digwyddodd y ddamwain.

'Deudwch y stori yn eich geiriau eich hun, Mistyr Black. Yn gwbl eirwir a hamddenol.'

''Sa dim gwell i ti ofyn i dy Yncl Oli,' awgrymodd Jac. 'O'dd hwnnw yno fel finna'.'

Cafodd rybudd i ateb y cwestiynau a ofynnid iddo a pheidio â gwneud unrhyw sylwadau difrïol am deulu'r Cyfreithiwr.

'Ga' i ofyn fy nghwestiwn mewn ffordd arall yntau?' holodd y Cyfreithiwr, ac ateb ei gwestiwn ei hun. 'Deudwch wrth y Llys, Mistyr Black, faint oedd y diffynnydd wedi'i yfed y noson o dan sylw?'

Deall y cwestiwn neu beidio, y gwir amdani oedd fod Jac wedi penderfynu bod mor anhylaw â phosibl; gerfydd gwallt ei ben y tynnwyd o yno yn y lle cyntaf. I wneud pethau'n waeth, roedd Jac yn dal i gofio fel y byddai'r Cyfreithiwr, pan oedd o'n blentyn ar yr Harbwr, yn arfer drysu'i rwydi pysgota nes eu bod yn gwlwm-gwlwm ac fel bu iddo orfod rhoi cic yn ei ben-ôl ar fwy nag un achlysur.

'Mi ofynna' i'r cwestiwn, Mistyr Black, am y trydydd tro. Faint oedd Mistyr . . . m . . .'

'Howarth,' atebodd Jac, yn fentrus, yn promtio'r Cyfreithiwr.

'Faint oedd . . . m . . . Mistyr Harold Samuel Howarth wedi'i yfed y noswaith o dan sylw, pan oeddach chi yn ei gwmni?'

''Do'dd yno neb wedi yfad llai.'

'O!'

'Mi fasa Llew Tr . . . y . . . Cwnstabl Carrington felly, yn medru f'eilio. Achos ro'dd o yno hefo ni, yn llyncu'i orau.'

Sylwodd Eilir ar un o uchel swyddogion yr heddlu, a eisteddai gerllaw iddo, yn cofnodi syched y Cwnstabl, fel rheswm pellach rhag rhoi iddo unrhyw ddyrchafiad posibl.

'Ond roedd o'n hynod feddw pan dynnwyd o allan o'r hers.

O ffrynt yr hers, felly,' cywirodd ei hun. 'Hanner awr yn ddiweddarach.'

'Bosib' iawn, achan.'

'A sut ydach chi'n esbonio peth felly, Mistyr Black?'

'Diawl, deud bod o wedi yfad 'chydig 'nes i 'te! Nid bod o'n sobor. Meddwi ar ddim ma'r hen Harold. Dyna i chi Oli Parry yn fan'cw,' a chyferio â'i gap-pig-llongwr at ewythr y Cyfreithiwr ar y galeri. 'Mi fedar Oli yfad casgan yn sych, a dal i fod mor sobor ar y diwadd ag unrhyw flaenor. Wel, yn sobrach, a deud y gwir, nag amball i flaenor wel'is i.'

'Ma'r sylwadau hyn yn gwbl amherthnasol,' taranodd Cyfreithiwr yr ochr arall, 'yn gwbl amherthnasol!'

'Diawl, daliwch ych dŵr am funud,' atebodd Jac yn ôl, yr un mor ffyrnig, 'nes bydda' i 'di ca'l deud be' sy' ar 'mrest i. Deud o'n i fel ma' Oli Paent, Oliver Parry, yn medru dal i gwrw. Ond dyna chi Harold 'ma, wedyn, dim ond i hwn glywad oglau corcyn mi eith yn gaib. 'Dydi'r drefn yn annheg,' ychwanegodd Jac, yn annerch y Llys yn gyffredinol. 'Yr hen Harold yn meddwi ar ddim a fynta'n 'i licio fo gymaint.'

Pan aed ati i holi Jac am amgylchiadau y ddamwain aeth pethau'n flerach fyth. Jac yn honni na allai gofio dim, oherwydd effaith y ddamwain arno, ac yn ychwanegu y dylai gael 'compo' am hynny. Yna, yn haeru mai 'bai William Thomas, Bethabara View, oedd codi wal gerrig yn hytrach na ffens weiar neting'. Wedi ymgais neu ddwy seithug arall i gael Jac Black i fwrw'i fol, rhoddodd y Cyfreithiwr ifanc ei delyn ar yr helyg a gorchmynnwyd i Jac Black fynd yn ôl i'w le.

Mynd i garchar, dros dro, fu hanes Harold druan hyd nes y byddai'n ymddangos gerbron Llys uwch. Wedi gweld y fam o Jamaica, 'doedd gan Dwynwen Lightfoot, y *Lingerie Womenswear*, ddim awydd talu am fechniaeth iddo, na'r stumog, chwaith, i fenthyg hanner gwely iddo yn 'The Nook' am gyfnod pellach.

* * *

Wythnosau'n ddiweddarach, tarodd y Gweinidog ar Jac Black yn cerdded yr Harbwr, yn ddyn wedi'i ddifrifoli'n fawr. Cyn gynted ag y gwelodd y Gweinidog tynnodd lythyr o'i boced ac ôl cryn astudio arno.

'Ylwch be' landiodd ar fat y drws ffrynt 'cw echdoe.'

'Llythyr.'

'Ia. 'Dw i ddim wedi medru yfad dim ers deuddydd. Poeni.'

'Gorchymyn, i ymddangos mewn llys yn Rotherham!' ebe'r Gweinidog, wedi iddo ddarllen peth ar y cynnwys.'

'Ia. Ond 'dwn i ddim sut ddiawl cafodd neb 'y nghyfeiriad i 'chwaith.'

'Ma' 'na ffyrdd o ffendio lle ma' pawb ohonon ni'n byw,' a darllen rhagor ar y llythyr. 'Achos pellach yn erbyn Harold.'

'A 'dwn i ddim be' gythra'l sy' a 'nelo fi â'r ddynas fawr 'na o Jameica.'

'Wel dim, gobeithio.'

'A sut a' i i le felly?' holodd Jac a braw gwirioneddol yn ei lygaid.

Syrthiodd y Gweinidog i demtasiwn, 'Cwch?'

'Be'? Ydi o'n lle glan môr?'

'Na, tynnu yn ych coes chi ro'n i rŵan. Fel y byddwch chi'n tynnu yn 'y nghoes i.'

'Ma' 'na amsar i bob dim,' arthiodd Jac yn flin. 'Amsar i ympryd a gweddi ydi hi rŵan.'

'Wn i.'

Yna, daeth mymryn o obaith yn ôl i'w lais, 'Ond ma' Oli Paent wedi hannar addo trefnu llwyth býs o'r 'Fleece' i fynd yno hefo mi – os bydd Cliff Pwmp yn rhydd.'

'O!'

'Fasach chi ddim yn licio dŵad?' holodd yn apelgar. 'Mi fasach yn help garw i gadw trefn ar bethau. Liciwn i ddim landio yn y Llys yn feddw.'

'Mi 'neith Clifford Williams warchod pethau, er mwyn gwarchod 'i fŷs.'

'Ma'r hen Cliff yn 'bycach lawar o'n joinio ni, unwaith y cefnith o ar Borth yr Aur. Fasa' ca'l gw'nidog on-bôrd yn sobri pethau'n arw.'

'P'run bynnag,' cysurodd y Gweinidog, 'ma' 'na wythnosau lawar cyn y Llys. Ylwch, mi 'na i droi'r peth yn fy meddwl.'

'Thenciw mawr i chi,' atebodd Jac, yn swnio'n wir ddiolchgar. 'Mi fedra' i enjoio fy niod o hyn ymlaen.'

Wrth y bwrdd cinio, adroddodd Eilir yr hanes wrth Ceinwen gan hanner tosturio wrth Jac.

Roedd ei wraig yn brinnach lawer ei chydymdeimlad, 'Dyna fo, ma' Jac Black mewn stiw rŵan. 'Dydi'r diafol ddim yn cadw'i was yn hir.'

Bu saib yn y sgwrsio. Y ddau'n bwyta mewn tawelwch.

Eilir oedd y cyntaf i siarad, 'Wyddost ti be', Cein, ma' gin i awydd mynd yno hefo nhw?'

'Mynd hefo'r caridyms yna. I be'?'

'I gadw cefn yr hen Jac, ac i weld Harold unwaith eto.'

Edrychodd Ceinwen arno mewn rhyfeddod, yna ychwanegodd, 'Wyddost ti be', Eil? 'Ti'n mynd yn debycach i dy Waredwr bob d'wrnod.'

CYFRES CARREG BOETH

Pregethwr Mewn Het Person
Hufen a Moch Bach
Buwch a Ffansi Mul
Babi a Mwnci Pric
Dail Te a Motolwynion
Ffydd a Ffeiar-Brigêd

CYFRES PORTH YR AUR

Cit-Cat a Gwin Riwbob
Bwci a Bedydd
Howarth a Jac Black
Shamus Mulligan a'r Parot